農婦在江湖

農婦・著

張明明・圖

此書紀念

苦樂相依六十年的老伴

馬兆禎（紹政）

為何葉落不歸根

莫道餘生去國賒，
狂風催葉墜天涯；
我是主人非寄客，
買來夷土建吾家。（註）

註：此句為陸放翁詩。

目錄

老農婦的話

《農婦在江湖》的「江湖」兩字，我想稍作解釋。

「江湖」是舊時指隱士的居處，我不是隱士，只是浪跡江湖的異鄉人。

數十年漂泊，處處非家處處家，老來思定，落居美國，築了個窩——小白屋，這就是我安度餘年的家了。

人問：「小白屋在別人的國土上，你能排除流徙的感覺嗎？」

我的答覆是：「我在大學山區擁有七千多呎的土地，是向美國政府買來的，一如美國買阿拉斯加，踏上小白屋前院的石階，便踏進了中國。」（見〈布拉格小子〉一文）這種意識或多或少能鬆解一些家國的情結。

再說，孫兒小傑六歲時，在作業上畫了幾幅連環圖畫，是一個小人，投進水泡

泡，扯開嘴，笑得很開心，還寫了一行字：「我踏進水泡泡，在裡面洗了個澡。」（原文是“I stepped inside the bubble and took a bath.”）老師的批語是“crazy!”。

跳進水泡泡裡洗澡，確實是狂想，我卻頗有感悟。

尼采將地球比喻為「醜陋的石頭」，他要躍開，揮動大斧，把它劈成理想的形象。無疑的，他對這個容納萬物的「石頭」，充滿了厭惡和憤怒，才會有這樣的狂想。

尼采雖是聰明絕頂的哲學巨人，也無法劈破這個「醜陋的石頭」，更不能將它塑成理想的形象，這個世界依然醜陋，他要求的形象，永遠不能實現。

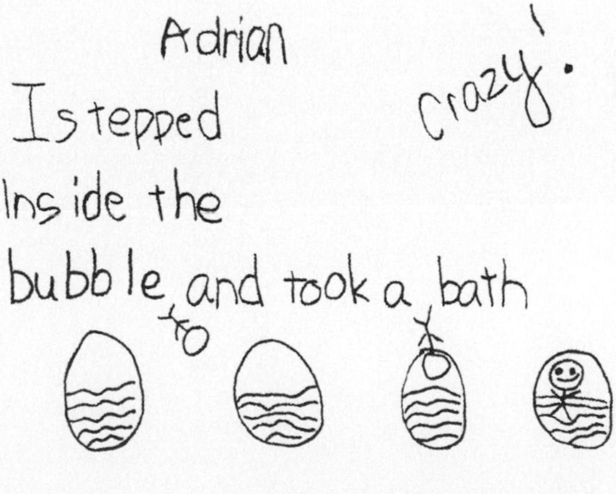
Adrian
crazy!
I stepped
Inside the
bubble and took a bath

尼采是很痛苦的。

在小傑的小小心靈裡，世界只是一個水泡泡。他在水泡泡裡開開心心的洗澡，也許還能夠欣賞水泡泡內的各種彩光，才會笑得這麼開心。

看來，這個小娃兒比哲學巨人懂得享受人生。

人說，這個世界「一團糟」，又很難改變這「一團糟」，更且要在「一團糟」裡去爭名利，爭權勢。爭不到，固然痛苦，即便爭到了，也未必快樂，因為這種欲望是無止境，永不得滿足的。

要拿大斧劈「醜陋的石頭」，只是顯示對這個世界醜陋的無力感，在「水泡泡」中開懷的洗澡，是以瀟灑的態度面對人生。

水泡泡潔淨、透明，能看清楚外面的世界，也隔絕了「一團糟」。

這也就是放逐江湖所尋求的意境。

《農婦在江湖》是寫近三十年的生活和感想點滴，任情下筆，或長篇或短篇，沒有一定規格。

其中有若干篇曾經發表。因為都是真實記事，不能更改，只可以修改詞句，補寫遺漏，盡可能使情節完整。過去，「農婦」隨筆插圖都是王司馬畫的。他走了——仍在我的紙筆間。此書封面圖「在逆風中高歌邁步」是王司馬生前舊作，他曾笑說：「這就是農婦的形象。」當時的情景，令人懷念。

《農婦在江湖》的插畫，由此間名畫家張明明執筆。張明明女士是前輩老作家張恨水的長女，在美國以壁畫著稱。最難得的是，她肯用簡筆彩畫為此書畫插圖，而且不改王司馬筆下「農婦」的形象。這是農婦極大的榮幸！

窩居銘

大學山區，城市鄉村，湖水清澈，古木成林，窩居白屋，幽靜絕塵。
春夏百花豔，秋來楓葉深，冬寒雪掩門，鳥獸皆朋友，浣熊是近鄰。
鐵錚錚，不伍城社鼠群，寧為孺子勞形，歌浮雲飛逝，看日落月升。
老農婦，安度餘生。

二〇〇八年七月七日仿《陋室銘》，寫小白屋。

杜鵑莫再催歸去

風雨連綿的清明，今年來得很遲，而杜鵑早已在呼喚「不如歸去了」。

有多少都市中人認識杜鵑？

杜鵑，即杜宇，又名子規，嘴扁，背灰黑，腹白，有黑紋，鳴聲悽愴，好像是在喊：「不如歸去」，挑動異鄉旅人的歸思。唐代詩人無名氏，有大家都熟悉的詩句：「等是有家歸未得，杜鵑休向耳邊啼。」（前兩句是，「近寒食雨草萋萋，著麥苗風柳映堤。」）

五十年前，流居香港，住鑽石山。當時的鑽石山，仍是灌木森森，荒草萋萋的郊區，將近清明，就可以聽到杜鵑在催歸了，一聲聲，令人心如絞割。當時，我把無名氏詩中的「杜鵑」兩字，改為「爾曹」，即「等是有家歸未得，爾曹休向耳邊啼」，感覺上是在與杜鵑直接對話。

馬利蘭鳥多，杜鵑、布穀、鶺鴒，隨季候而來。掃墓的清明時節到了，杜鵑頻頻催我歸去。

歸去掃墓嗎？父母的墳墓在浩劫中已遭徹底摧毀，再說遊子從來以父母家為家，而今，父母的舊居沒有了，墳塚也沒有了，要我回到哪裡去？

至於布穀，又名鳲鳩，類似杜鵑，體積稍大些，背翅灰黑，腹白，也有橫黑條，尖嘴，叫聲似「割麥插禾」！農曆三月至五月（陽曆的四月底至六月下旬），就忙著催促農人春耕了。

還有鶺鴒，羽毛灰蒼，有紫赤斑點，腹部灰色，有白圓珠點。這就是「行不得也哥哥」的鳥兒。

我常想，東西方有太多的事物不同，為什麼這三種鳥卻形貌相同，鳴聲相同？

最受不了的是：杜鵑「催歸」的當兒，布穀也來「催耕」了，我已無家可歸，無寸土可耕，何必苦苦沉壓我情緒？鶺鴒說「行不得也」，是的，我老了啊！確有「行不得」的困擾。於是，我寫了兩句話答覆杜鵑：

「杜鵑莫再催歸去，已把他鄉作故鄉。」

滿足

落戶此間二十年，絕少與人往來，屋前石階旁有株紅楓，是我親手栽種的，現在已高過屋簷了，姿態奇美，並不遜於黃山的「迎客松」，我給它取名「迎客楓」。它也很盡職，迎來的儘是我樂意見到的人，從沒有難以接受的訪客，如朱銘筆下「群英會」中人物。（這裡必須補充一下，人只知朱銘是一代雕刻大師，很少有人知道他擅於水墨畫。曾畫大幅橫軸，幾隻母雞作交頭接耳狀，題為「三姑六婆群英會」，可見這位大師除了嚴肅的藝術，也有幽默風趣的一面。）我老了，但求生活寧靜，不想看的不看，不想聽的不聽，自由自在的過日子，楞小子們是瞭解的。若有人問：「農婦住在大學山哪裡？」他們只說：「只在此山中，綠深不知處。」將古詩中的「雲」字改為「綠」字，真是妙極了，小白屋確實是嵌在鬱鬱蔥蔥的林木中。

「阿彌陀佛！」印度女教授招呼。「滿足！」我回應。

於是，有人說我「隱居」了，「隱居」這個名詞太清高，不過，事實上也差不多。所謂「隱居」是一種隱蔽的生活方式，至於我，很多時候，蓬頭敝履，穿一襲三十年前，在利源東街路邊攤買的裳褲，鑽進書堆或趴在桌上，尋求個人的心靈舒暢，有時，找些芝麻綠豆大的瑣屑事，和老伴拌拌嘴，給「癩痢頭兒子」找點麻煩，或看老伴和孫兒小騰下象棋，聽老小倆爭論勝敗，箇中樂趣是很難描述的。再或，跟楞小子們在廚房裡喝酒、煮飯、炒菜、聊天，談到靖國神社和那臺灣自認是日本人的野種，菜刀砧板響成一片，好像斬的不是豬肉，而是參拜神社、戰犯陰魂附體的好戰分子，和出賣中國的「犬養族類」（犬養即「狗婆養的」也）。

我的生活，可以說是自我放逐，放逐在不是鬧市的鬧市，不是山野的山野，無拘無束的生活，用思想來濾淨世間汙齪，把認可的留存，雖然那些汙齪依舊存在，大可視而不見，聽而不聞，豈不清靜快樂！

杜鵑又在喊「不如歸去」了，我說：「要我回到哪裡去？」人問我，為何如此消沉？我就敲敲竹筆筒唱幾句「漁鼓歌」。

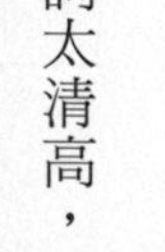

「大學山頭一老孫，取經無力且藏身，任由妖孽人間祟，金箍棒上已蒙塵。」我這「齊天大聖孫悟空的後代」老了，而今只想過點很個人的日子，不算奢求吧？

再說，有位印度女教授曾告訴老伴：「阿彌陀佛」的含意是「滿足」，每當她用「阿彌陀佛」招呼我，我便以「滿足」回應。

北極熊與老公

紐約中央公園有隻七百磅重的北極熊名古士，八歲，渾身潔白，北極熊應該是最凶殘的動物，但古士卻相當溫順，惹人喜愛。

近幾月來，管理員發現古士舉止怪異，反反覆覆做一些同樣的動作，而且以固定的方式不停的游水，幾小時不離水池。於是，認為牠精神有了毛病，花兩萬五千美元，找獸類精神分析醫生診治。

古士的反常，與生活條件無關，因牠的居住空間有五千平方呎，潔淨寬敞，還有雌熊作伴，吃的、喝的，都送到嘴邊，毋須費力，尤其在夏天，冷氣開得十足，羨煞鴿子籠公寓的人類。那麼，牠為什麼會神經兮兮呢？據醫生診斷：問題是牠感到過度的無聊。

專家說：「野生動物是不會煩悶無聊的，因為要為生存、生活鬥爭，和其他野獸拚搏、尋找食物，進了動物園，不必覓水、搶食，也毋須爭地盤，太安適了，才會無聊。」

醫生開出的處方，也很奇特，其中包括：將花生醬塗在籃球上，在滾動的木棒上浸滿蜜糖，擱得高高的，讓牠舔食，據說，這樣可以給牠帶來新鮮感，驅除無聊的情緒。

當這一新聞圖文並茂的刊出，老伴若有所感，低沉的說：「我快要和古士一樣了！」

我大驚，越想越憂心，他困居在這個固定的空間裡，每天讀書、看報、打太極拳，飯來張口，衣來伸手（煮飯洗衣有我一手包辦），生活刻板，他早就喊「無聊」了。

我也早有警覺，所以，經常陪他回香港，到了香港，他便不再無聊了，有老友摸「中發白」，暢談「大氣候」、「小氣候」，有馬可跑，少少的百來元港幣，可以讓他緊張興奮玩半天，檢討得失，又可以講半天，總之，忙得不亦樂乎。但是，

回香港，不能說走就走，要預先作好準備。豈知，剛過一年，他就大叫「無聊啊！無聊！」初時，我不在意，更不會去觀察他是否有「怪異」舉止，直到他說快要變成古士那樣神經兮兮，就不能不有所警惕了。找精神分析醫生，雖然沒有古士的醫生那麼高的診費，至少也得幾百或千多美元（相等於往返香港一張機票），我總不能效法那位醫生的治療方式，把飯菜吊得高高的，讓他爬上爬下拿取，再或，拖著食籃滿屋跑，讓他追趕一輪才給他吃，人究竟不是熊，這種療法是行不通的。

說到底，唯有去香港，才能使「神經兮兮」得以免疫，不過，我預計明年才能返香港，還有幾個月時間，怎辦？

河馬先生

我寫「北極熊與老公」，講的是實情，竟有人責備我將老公與野獸相提並論，是大大的不敬。

坦白說，我常以老公像野獸為驕傲，心甘情願的服侍他，端飯、奉茶、趴在地上代他找尋臭鞋襪，甚至替他洗腳，毫無怨言。

我的老公細眼、肥腮、粗腰、背圓、腿短，挺個大肚腩，可算得上是龐然大物，雖不英俊，卻有幾分威儀，十足河馬格。別說我，就是年輕一輩，都覺得他蠻可愛的。

再說，河馬性情溫和，從不以大欺小，還喜歡張開闊嘴，讓小鳥啄食牙縫裡的食物碎屑。老伴是「人之患」（教師），認為給年輕人餵知識，是莫大的樂趣，這

「你的襪子找到了！」

也是與河馬相似之處。朋友們說只要提到他，便想起河馬，見到河馬，就會想到他。王司馬畫農婦散文插圖中，那人身河馬頭的「怪物」，就是我的老公。晚輩們送我們很多河馬，有絨布的、泥燒的、石雕的、灰玉的、陶瓷的，大大小小，不一而足，在他們心目中，這些河馬都是我老公的莊嚴法相，絕無不敬的意思。

人是生命，獸也是生命，只不過形體各異，語言不同而已。（獸有獸的語言，不能因聽不懂，就說獸類沒有語言。）既是生命，我們就應該尊重。

胡菊人在〈人類與萬物互相依存〉、〈人的文化和獸的文化〉文中，談到野狐報恩，大鼠撫育小黃鼠狼，狸貓將小貓啣去鄰舍農家以策安全等等真實故事，感嘆「自命有高情操的人類，卻須要不斷的教誨——」

我從來尊重獸類，太多經驗使我認為獸類比人類有感情，有原則，有道德，至少牠們不耍手段，不反臉無情，衝突時，擺明態度，絕不搞陰謀。

眾生是平等的，由於人類自以為是萬物之尊，才造成人獸的不平等，「人之異於

禽獸者幾希」，縱或真有那麼「幾希」，也不怎麼高貴，就憑「幾希」來輕賤禽獸，未免太自我「膨脹」了。

再說，人與禽獸的差別究竟有幾希？這幾希，是人勝禽獸？還是禽獸勝人？農婦活到這麼一把子年紀，對人類已有相當了解，要得到這問題的答案，僅僅了解人類是不夠的，還須了解禽獸。若讀有關禽獸的資料，總覺得不完整、不公正。真想找所羅門借指環，據說，戴著它，便可以和各類禽獸直接交談，就不難明白真相了。

日前，收到年輕朋友寄來動物行為研究論文，還在上面批寫了一行字：「用『禽獸不如』罵人，太侮辱禽獸了。」

嗚呼！真哀哉！

管訓老媽

父母管教孩子，是天經地義的事，尤其孩子的幼年，時常可以聽到：「跑慢點！當心摔倒！」「坐正，這是禮貌。」「早點起床！貪睡是壞習慣！」等等。

這是父母的權威，孩子是不敢抗拒的。

可是，孩子長大了，又怎樣？

這裡且講我的情況，「癩痢頭兒子」對老媽的健康守護得很緊，我打個噴嚏，他就要盤根究底。兒子關懷，母親值得安慰，只是，他的神情語氣，像極了我年輕時的軍事教官。

「這幾天，早晚氣溫差距太大，一定是受了涼，嗯！」最後拖了個「嗯」，相當刺耳。

另一種訓練。

他雖忙，每天必回小白屋，「視察」老媽的情況，跨進門，劈頭一句：「運動了嗎？」他重視「動養」（即運動養身），督促我運動，一如他幼小時，我督促他做家課。我回答時，還盯著我，要肯定我沒有撒謊。

年來，我有間歇性的小腿抽筋，家庭醫生的藥是頂尖兒的價錢，卻不見有頂尖兒的功效。「癲痢頭兒子」便補充了不少治療法，教我扳腳指，熱水按摩小腿，還在桌下放一張織錦矮凳，用來擱腳，矮凳很漂亮，我很喜歡，只是，還沒看清織錦花紋，就開始受訓，是糾正坐姿，以免脊骨彎曲。依照他的示範，挺腰直背，雙腳伸直擱在矮凳上，伏案工作，兩臂要平衡。我雖懷疑這與抽筋有什麼關係，依然照做，因為怕延長受訓的時間。有次，從醫生處體檢出來，他說：「姆媽！朝前走！走給我看看！」我也就勉強「正步走」，走向停車場，就像軍中檢閱。（跨步可以顯示一個人的健康，相信他是要觀察我的腿力。）

我曾寫「老了歌」，其中有「眼朦朦，耳聾聾，腰彎彎，背駝駝，走起路來打哆嗦。」一句。這麼個老傢伙，還能走出當年「丘九」時的「英姿」嗎？

領帶媽

「癲痫頭兒子」又快到 Sabbatical 了。

相信大家都知道「Sabbatical」，不過，還是解釋一下好。這個名詞，是安息日，猶太教是星期六，基督教是星期日，這一天，是教徒和平、休息的日子。過去，以色列人有這麼個習俗，名「sabbatical year」，每七年即停止耕作一年，該年即「安息年」。

大概美國人早就認為教師是「孺子牛」吧！於是訂下大學教授每七年就有休假一年的權利。

以色列的耕牛，在這一年裡，毋須耕作，悠遊於草原溪畔，聽牧笛山歌。而美國執教鞭的「牛」，當然可以得到一年的休閒，只是，若讓別的大學看中了他的

「勞動力」，也會提供好的條件，請去幫一年工。

別人的 Sabbatical 很輕鬆，「癩痢頭兒子」就不簡單了。為什麼？因為他有個麻煩老媽，需要麻煩安排。

他受聘外地，為時一年，他認為離開老媽太久，十分不妥。就像「人家的女兒」所說，我是「另類」，因而常有些「另類」行為，例如我討厭醫生，經常隱瞞病痛，有時把醫生罵得一愣一愣的。只有「癩痢頭兒子」吼一聲：「姆媽！我的白頭髮又多了！」才能阻止我任性。

舊時的母親出門，不放心孩子留在家裡，只好拖著走，人稱為「裙帶仔」，意即把孩子吊在裙帶上。阿女說：「弟弟沒有裙帶，只好把老媽吊在領帶上。」於是，我就成了「領帶媽」。

「姆媽！你必須跟著我——」

不是我

朋友和他的朋友老山東來訪，問我：「你家有幾口子？」

「八口，女兒不在美國。」

朋友插嘴：「你家只有七口，怎會多出一個？」

「確實是八口。」我誠懇的回答。

朋友扳起手指：「你真老糊塗了，讓我數給你聽，你、你的老公、閨女、兒子、媳婦和兩個小孫子，總共七口。」

「還有一個納米（Not me）。」

老山東問：「誰是納米？」

「這是他的洋名，中文名叫『不是我』。」

「好怪的名字，他姓什麼？」」

「不知道，我們管叫他納米。」

他以為我的神經有毛病，也就不再追問了。

不知在什麼時候，我家便有了「納米」，且舉例證明他的存在，先從老伴說起吧；他每早要去後園打太極拳，進屋不換鞋，常在淺色地毯上留下濕泥、碎草；出街不鎖門，輕輕一推，大門應手而開；幫我清潔廚房，總有一兩個羹匙或碗蓋失蹤（連同瓜皮、菜根、雞骨、螃蟹殼，一併扔進了垃圾桶），我若責問，他必回答：「納米！」

今年春，由香港回來，收到交通部罰款通知，說我的車在大學校園泊錯了車位。我剛到家，何曾去過校園？問媳婦，她連聲說：「納米、納米！」嚴查之下，才知道「癩痢頭兒子」曾碰壞車，送去修理，無疑的，這期間他用了我的車，我問他：「是誰開過我的車？」他衝著我喊：「納米！」

至於兩個小傢伙，更時常提到「納米」，「誰把玩具撒滿地下室？」「納米！」「誰在地毯上潑了牛奶？」「納米！」「誰忘記關電腦？」「納米！」總之，所有壞事全是「納米」幹的。

月前，我的Beta錄放影機壞了，這種老式機早已遭淘汰，絕跡市場，老伴的兩百多卷京戲小影帶，豈不成了廢物？「癲痢頭兒子」把他的小帶機搬了來。不料，畫面模糊不清。拆開一看，裡面竟塞了顆蠟紙包裹的咳嗽糖。據媳婦記憶，曾經買過這種糖，於是審問兩個小兄弟，弟弟小傑眨眨眼說：「納米！」再問哥哥小騰：「是你嗎？」小騰想了想，說：「梅比（Maybe）。」

當時，小傑只有兩三歲，手多多，我們肯定咳嗽糖是他塞的，但是，為什麼小騰會招供呢?小騰解釋道：「因為你們希望有人承認，那麼，我承認好了。」

小騰帶來令人驚喜的「梅比」，但願他長留我家。

「納米」（Not me）是我家的寶貝。

我的煩惱絲

人稱頭髮「煩惱絲」，頭髮確實令人煩惱。我童年時，由小辮子到髮垂過耳。少年從軍剪成「男兒頭」，直到今日，數十年不變。只是偶然有幾分稍長稍短而已。

很多青年朋友初次見我，總是特別注意我的頭髮，看到我滿頭亂草般短髮，腦後沒有髮髻，與王司馬（「農婦專欄」畫插圖的香港漫畫家）筆下的農婦對不了版，大都表示失望。

也許，他們對翹著髮髻，一身大襟布衣，矮矮胖胖的老傢伙很感興趣吧！其實，王司馬畫的農婦除了多個髮髻，神情舉止全都入了畫。

我何嘗不想梳髮髻，至少，有個髮髻，不會被洋鬼子誤認為日本人，還可省卻剪髮的麻煩，只是農婦粗魯浮躁，沒有那一份梳頭盤髻的耐性，短髮不耗時間，用

手指抓幾下就可以出街。

美國理髮很貴，洗頭另計，只是剪幾刀的功夫，要付香港理髮雙倍費用。

初來美國，我盡可能拖延理髮。不久，頭髮長得刺痛脖子，於是選了間小型理髮店，仔細看清價目牌，才敢推門，店裡的洋婆娘，看到一個黃皮膚的老傢伙在玻璃窗外探頭探腦，大起疑心，走過來問：「有什麼可以效勞的嗎？」這原來是一句禮貌話，但她的語氣硬綳綳、冷冰冰，聽起來十分刺耳。

我橫她一眼，大踏步走近櫃檯，在登記簿上寫的是：「老祖宗農奶奶」，然後一旁坐下，聽候「宣剪」。

記得幼年，上海娘姨說過這麼一句話：「洋人是蠟燭，不點不亮」，果真有理，我這副大剌剌的架勢，壓低了她的氣焰，連忙扯開一個頂著毛巾在「話家常」的洋老太，讓座位給我。

剪幾刀，「搞定」頭髮，大概只用了一羹匙洗髮水，總共七元五角美元（這是一九八五年的七元五角啊！），付帳時，我給了十美元，那個洋婆娘死盯找回的錢，我想：「他媽的！祖奶奶是中國人，雖然窮，絕不孤寒，就拿這幾個錢掟死你！」一揮手，走了。只聽到後面傳來一連串的「謝謝，非常謝謝！」跨出門，回頭一看，洋婆娘仍在咧嘴恭送。

多數留學生自帶理髮工具，很多「人家的女兒」要為我的腦殼服務，我婉謝了，因為不想佔去她們的讀書時間。

那年春天去大陸探親，大病回香港，萎靡、憔悴。停留了些日子。去太古城理髮店找久別髮師小劉，他認為剪短頭髮，可以看來少些病容，剪幾刀，原來就不很長的頭髮，少了三、四吋。

未離港前，我是他的老顧客，他熟悉我的腦袋，閉上眼睛，都能夠剪出我「幾十年不變」的髮型，只是這次可真滑了邊，把我的頭髮剪得根根豎起，使我想起剛收割的稻田。

楞小子們見了，大喊「崩頭！」

崩頭？我根本不曾摔跤，怎會跌崩頭？

他們只是大笑，不給我解釋什麼是「崩頭」。

從理髮店回來。

回到美國，「癩痢頭兒子」說：「媽，你剪了個崩頭哪！」

經過調查、研究，才知道怒髮衝冠似的髮型，叫做「崩頭」。

「崩頭」應該是年輕人的髮型，老傢伙「崩頭」，當然可笑，不過，我卻享受了「崩頭」的舒適。

最近，我的「崩頭」由直豎變成橫伸，如果參加「萬聖節」扮妖魔鬼怪遊行，不必戴假髮，可見恐怖的程度了。每次出街，必須塗髮膠，用吹風筒使之平復，只是維持不久，直豎橫伸如故。有次逛商場，東瞧瞧，西望望，忽然瞥見玻璃櫥櫃窗映出個怪影，嚇得我倒退幾步，仔細一看，原來是本人的尊容。

我的頭髮太硬了！家鄉有俗語：「脾氣壞的人頭髮硬」，難道我的脾氣越老越壞麼？

老伴對這個問題給了肯定的答覆。

我實在不能容忍了，氣呼呼的直奔理髮店，對洋婆子理髮師說：「任你怎麼處理，我只要不『崩頭』！」

結果，頭髮又短了一截，卻很服帖，我左抓右抓只是還有一小撮仍倔強的豎著，

我已經很滿意了。

從理髮店出來，遇上兩個楞小子。

我說：「看！我又剪了新髮型，這叫做『啄木鳥頭』！」說完，學卡通片裡的啄木鳥，「咯咯」的叫幾聲，跳上車，踏緊油門，衝出停車場，回頭望望，兩個傻瓜蛋仍站在那裡發楞。

頭髮長得很快，我又煩惱了，老伴說：「來！我給你剪！」

把舊床單圍著脖子，老伴緊張兮兮的拿起剪刀，約莫十來分鐘，說：「好了！」

對鏡一看，哇！右邊比左邊長一吋有多，我要求他剪齊些。「喀嚓、喀嚓！」右邊頭髮少了一截，成了左長右短，他搖搖頭，再剪左邊，大概又不對勁了，再轉到右邊，不待他動手，我急忙喊：「老天！我的頭髮要變成『馬桶蓋』了！」

幸而及時制止，雖不是「馬桶蓋」，卻肯定是「樓梯」。

老伴喜孜孜的說：「蠻藝術的，不是嗎？」

我除了點頭，還有什麼話可說？

車牌惹麻煩‧‧‧‧

在美國生活，沒有車，寸步難行。「癩痢頭兒子」給我買的跑車，車牌不是數字，而是我自定的「GOD MA」（教母）。這是楞小子的建議，用來替代「乾媽」。（洋人沒有乾媽、契媽一類的稱號。）

美國著名電影《教父》是家喻戶曉的巨片，其中的「教父」形象深入人心。因此，我的「教母」車牌，很惹人注目，尤其是小伙子更感興趣，例如：在購物中心停車場，他們會藉故和我攀談「我可以幫助你嗎？」這原來是美國年輕人對老人的禮貌。我當然接受，只是，隨後會繼續提出問題：「你是中國人嗎？」「啊！你是教母，你一定有中國功夫！」「中國功夫是最棒的強身運動，也可以保護自己。」諸如此類，真煩人。

我有好幾次遇到這類的情形，有時，我不免煩躁，只是，那些白的、黑的、棕

「你老是跟在我車後叭我，想怎樣？」

的、天真憨厚、滿是稚氣的臉，會提升我的耐性。

當然，也有例外的。一個秋天的下午，我從郵局回來，後面跟著一輛車，不時響號。我駕車向來循規蹈矩，望望倒鏡，該車有大學標誌，駕駛人是個黃毛小伙子，年輕人愛開快車，可能是嫌我擋路，我立即將車駛進慢車道。不料，他隨著轉線，繼續響號。當時，路上車少，他大可超車，沒有理由催逼我，我只好轉入另一條回家的小路。這條路是住宅區專道，不寬，有輛工程車正在興工，佔了一半車道，必須慢行，我不能不降低車速，豈知那黃毛小伙子仍然緊緊跟著，同時，號聲不斷。

我惱火了，駛到工程車旁邊，驀地煞車，他急忙停下來，朝我瞪眼。我跳下車，吼道：「你一直跟著我響號，想怎樣？」

來美國，我沒有機會學會用英語罵人，想痛快罵罵，一句也罵不出來，一轉念：何必用洋文？用咱們國語，或廣東、湖南、上海話罵好了，聽得懂、聽不懂是他的事，只要能讓我消氣就行。

於是，我捲了捲衣袖，指著他大吼：「他媽的（正宗國語）！你個鬼崽子（湖南

土話）！那麼寬的路你不走，要跟在後面叭我（廣東腔），我這個老祖宗也不是好欺負的（上海調）。來！讓我好好的教訓你──」深秋了，罵著，罵著，手臂伸在涼風裡，很冷，便插進衣袋。

他當然聽不懂我吼些什麼，見我把手插進衣袋，臉色大變，發出一聲怪叫，汽車箭一般的倒退，竄入橫街，跑了。工程車旁邊的兩個洋漢子大笑起來，其中一個問我：「你在掏槍嗎？」

「我沒有槍。」

「你的車牌是『教母』，又穿了一身功夫裝（唐裝），即使沒有槍，也有中國功夫，那小子害怕了！」

不久，少年時伙伴老二來訪，指著我的車對楞小子說：「這個車牌呀！要從右邊往左邊唸！」

「什麼意思？」

「這不是 AM DOG 嗎？」

楞小子們常說，我和老二像蟋蟀，碰見就要鬥。其實我不喜歡任何「鬥爭」，只是他隨時隨地找我「挑戰」，這塊「教母」車牌，又讓他趁機「咬」了我一口。

現在，我老了，不再開車，跑車給了「小小癩痢頭」小傑。

換下的那塊「GOD MA」車牌，留作紀念。

……好珍貴的幾根菜

剛進小白屋，「癩痢頭兒子」興沖沖地說：「幾個農學院同事，會來種菜，他們要拿收成的四分之三。」

「在我的園裡種菜，要拿四分之三哇！」

「媽，別小器！你這一份夠多了，吃不完哪！」

那天，氣溫高達華氏九十度，來了一群農業專家，黃臉的、白臉的，赤膊短褲，駛來一輛載滿農具的卡車，聲勢浩大，這情形就像要開墾幾十畝菜地似的。我想：「遭了！後園的草坪完蛋了！」正待向「癩痢頭兒子」抗議，窗前響起掘土機的「隆隆」聲，跑出去一看，他們只是在屋側動工，那是長六十幾呎、寬二十幾呎的草地，開墾的面積，窄窄的，長長的，還留下很寬的走道。

洋專家把土挖鬆，撒下肥料，他的工作完畢，走了。接手幹活的中國專家們，忙著種菜苗。一疊疊鐵灰色的塑料盤，排列著精緻的方形塑料杯，每杯養著一根菜苗，約兩吋高。

資本主義國家的菜苗，都帶有資本主義色彩，那些塑料杯盤，在我這個中國莊稼婆看來，是上好的用具。

於是，我腦袋裡浮起一個公式：現代化農具，加裝潢考究的菜苗，再加中外農業專家，等於肥嫩、鮮甜的青菜、番茄、黃瓜、扁豆和辣椒——。

眼見專家們汗滴泥土，我豈能坐享現成？連忙煮咖啡，倒冰果汁，沏香片、烏龍茶，堆一臉感激笑容，殷勤侍候。

老伴用懷疑的語氣問我：「只開墾這麼窄一塊地呀？」

我說：「你的見識太淺陋了，專家種菜，一畝等於十畝，別小看這一塊窄地，它的收成可不少呢！你等著瞧吧！以後，我們不必去超級市場買那些冰凍的瓜葉了。」

老伴期望殷切，天天澆水、察看，一個月過去，有的菜苗仍然是兩吋高，且有枯

萎跡象；有的抽出一根長莖，開了花；只有幾棵生菜，在掙扎生長，好像要給專家們挽回點面子。

老伴很不開心。我說：「挖兩棵看看吧！也許有蟲。」

不一會，只聽得老伴大喊：「老天，他們連塑料杯一起種在土裡了！」塑料杯隔絕了肥料和水，也限制了菜苗的成長，專家們未免太粗心了！

週末，專家們到訪，我留他們吃飯，拔下那幾棵爭氣的生菜，切去枯黃部分，炒熟了，不夠半碟，我雙手捧了上桌，嚴肅地說：「這是你們親手種的菜，很珍貴啊！每人只能吃一根。」

「癩痢頭兒子」搶先夾了一大把，送進嘴裡，連說：「好得很！好得很！」

我望著剩餘的幾根菜，心裡盤算著怎麼分配？

母鶴、母雞、母鴨

週末，去中國店買菜，堆滿了手推車，老伴說：「母鶴又要叫了。」

這話是根據《易經》中「鶴鳴在蔭，其子和之，我有好爵，吾與爾靡之。」鶴在隱蔽的地方叫，小鶴聽到，立即應聲。她叫些什麼呢？她說：「我有好酒，你們來和我喝個痛快吧！」

據說，只有母鶴叫，小鶴才會答應，要是公鶴叫，小鶴則相應不理。

我的解釋是：公鶴的食物太難吃。

我認為「其子和之」中的「子」，並非專指自己的孩子，而是包括「人家的孩子」在內。至於「好爵」，是好酒，當然，也有好菜。

此間的楞小子，終日吃速食、漢堡、三明治，常向我訴苦：「真是口裡淡出鳥來

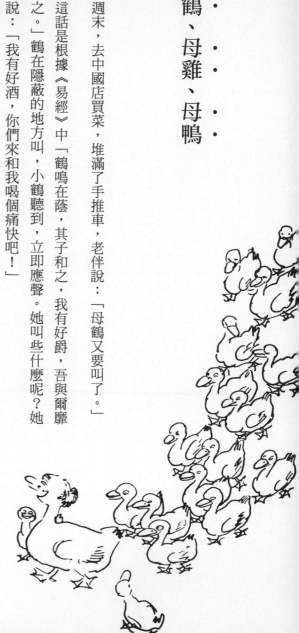

了！」聞「怨聲」而知「饞意」，我當然能聽懂其弦外之音，於是煲一缽廣東湯，炒幾碗湖南菜，告訴他們：「我做了好吃的菜，你們來吃吧！」

就這樣，老伴說我是「母鶴」。

其實，母雞也是一樣，曾經養雞，或在農村住過的人，一定知道母雞發現糠殼、碎米，必會發出「咕咕」聲，召喚小雞來吃。

王司馬曾畫一幅漫畫，一隻母鴨在前走，後面跟了群小鴨，那隻母鴨的頭，就是他筆下農婦的造型。

我不知道母鴨看到好的食物，會不會通知小鴨，不過，母鴨率領小鴨去池塘啄食小魚蝦，倒是慣見的。

我曾做過「母鴨」，那是很久很久以前的事，當時在「浸會」誤人子弟。那年，帶徒兒去臺灣觀察新聞出版事業。這些香港孩子，對臺灣的蒙古烤肉和土雞，垂涎三尺，我錢少，只好找老友「招待」，徒兒們不只吃到臺灣最著名的蒙古烤肉，而且每餐都有土雞，烤土雞、炒土雞、清燉土雞、紅燒土雞，式式具備。一

 「來！我帶你們到外埠上課。」王司馬生前用這幅畫表示欣賞我的教學法。

共三桌，每桌十來人，朋友知道年輕人胃口大，便命廚子每桌上雙份。這麼一來，小鴨大樂，我這隻母鴨也樂了。

很久很久以前，在香港，「人家的孩子」常來我家吃蛋炒飯，只是兩個雞蛋，少許碎蔥，炒一碗白米飯，他們也吃得津津有味，如果我拿到多點稿費，也會炸幾塊排骨，煮鍋紅燒肉。

後來，情況有了改變，越來越多的大孩子，喜歡來我家吃飯，尤其是逢年過節，他們寧肯放棄美酒佳肴，來吃我家的飯菜，蘿蔔白菜，混和著溫馨笑語，也變成了無上美味。

來美國，我的廚藝更是大受歡迎，楞小子們邊嚼邊翹大拇指，直到清光碗底，才肯離開餐桌。「癩痢頭兒子」總是說：「姆媽炒的菜確實好味。」我這隻「母鶴」（或是「母雞」）也就經常發出叫聲。

撿鴨子

八十年代，來自香港、臺灣的留學生，多苦讀生，成績驕人，待人接物很有中國傳統好教養。

小白屋在大學山，我頗能了解他們的情況。

初來美國，我仍有香港習慣，每早去市場買菜，若是風雨、或烈日當空，見到路邊有東方臉、揹背包的年輕人，便招他上車，送他一程。給他一疊紙巾揩汗，或抹雨水，只問「去哪裡？」，大學校園大極了，院系課室、圖書館、實驗室等建築，相隔頗有一段路。到達目的地，他說「謝謝」，我說「小心！」，不留姓名。這些都是中國孩子，離家的孩子，我只是耽心他們受寒或中暑。

老伴說我是「撿鴨子」，風雨中撿的是「水鴨子」，驕陽下撿的是「烤鴨子」。

中國留學生究竟不很多，有鴨子知道我是誰，也會摸上門來。我寫下他們的姓名、電話，每逢農曆新年或聖誕節、感恩節之類節日，我會安排幾碗家鄉菜，或火鍋，找他們來吃一頓中國飯。

老伴只撿過一隻鴨子，不是「水鴨子」，也不是「烤鴨子」，是經過小白屋的「風鴨子」。

那年秋，我們在階前看旋舞的楓葉，有青年人遠遠走來，娃娃臉。

我肯定是中國孩子。他低著頭，一邊走一邊踢路旁小石子。

我說，「這孩子在想家呢！」

老伴揮手招呼，「你是中國人嗎？」

那孩子望過來，笑了，連連點頭。

老伴是「人之患」，跟青年人很有話題，他們談得很開心。我炒了碗雞蛋火腿飯，讓他嚐嚐故鄉風味。

他姓石，在他踢石子的時候認識他，於是，我們叫他「小石頭」。後來，和大學音樂系同學結婚，去了加州，在矽谷工作。他的那一半聰慧、溫柔，我管她叫「小丫頭」。

「小石頭」是老伴所撿的唯一的鴨子，每當聽孫兒彈鋼琴，或鴨子們來小白屋「打牙祭」，我會想念他們。

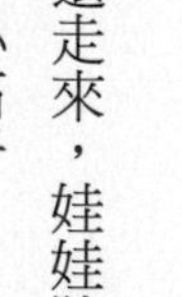

一個「小鴨子」的生日。

祖居

近幾年來，中國大陸嚴寒消退，春天終於來到，牽動了離鄉人的戀根情懷，紛紛返鄉尋舊居，買新屋，老一代固然想實現落葉歸根的舊夢，新一代發現如此壯麗山河中，有自己的根，驚喜、驕傲之餘，也就想在那裡留一個窩了。

七年前，阿女在故鄉岳麓山下的望月湖畔，為我買了層樓房，推窗可見山水，環境幽靜，但我對那種現代建築，缺乏親切感。

回小白屋，楞小子們問：「湖南長沙是你的老家，應該有祖屋的。」

抗戰時，長沙大火焚城，戰後回來，處處焦土，斷瓦頹垣。父母棄世，又沒有留下片紙隻字，到哪裡去找我不曾棲留過的祖居？這個問題，牽涉太多往事，我不願回答，也無從回答，他們以為我有隱瞞，硬要我回答。我只好說：我所知道的是，距離湖南冷水江不遠，有「波月洞」，原名「水簾洞」，遠祖孫悟空就住在

那裡，那地方可真是美得驚人！群山環抱，有古松巨柏，果樹成林，洞前瀑布奔流如垂簾，洞內石柱上刻著「花果山福地，水簾洞洞天」十個大字，自從遠祖隨唐僧去取經，從此沒有回來。我原可向當局申請歸還祖業，因為沒有族譜，無法證明我是孫悟空的嫡系後代，只好算了。這一番話，把他們嚇得呆若木雞，我哈哈大笑，又「瘋」了好一會兒。

且說，除了「波月洞」，還有幾處「花果山」、「水簾洞」散佈各省。如在陝西邠州，有一座山，石崖陡峭，頂峰有石屋，空寂無人，山腰有石洞、流泉、藤蘿覆蓋洞口，據說也名「水簾洞」。

江蘇連雲港有山，名「花果山」，又名「蒼梧山」，是「雲臺山」諸峰之一，有石洞，名「水簾洞」，還有不少古蹟與《西遊記》有牽連的，如八戒石、一線天和南天門等等。

明代宋璲有〈水簾洞〉詩，但不曾說明「水簾洞」在何處。

「水簾洞」是怎等樣？且看《西遊記》中的描述：「原來是一股瀑布飛泉，遮掛洞口，遠看似一條布簾兒，近看乃是一股水脈，古曰：『水簾洞』。」

我認為，冷水江的「水簾洞」，應該是我的祖居，我姓孫，又是湖南人嘛！

我是齊天大聖的後代

在香港時，我常在週末去臺灣，找楞小子們「瘋」，當時，臺灣「小氣候」並不怎麼舒暢，我懵懂，又不信邪，「瘋」得很任性。大陸遷臺的政府，可能摸透了我的底，認為此人雖桀驁不馴，卻不會為害，也就開隻眼、閉隻眼，讓我過足「瘋」癮。

在那樣的環境裡，像我這樣「瘋」勁太強的老傢伙，很難不惹人詫異，便查我的來歷，查來查去，查不出所以然。竟爆出一則「孫淡寧係孫中山嫡系幼女」的新聞報導。真是語不驚人誓不休，借句豬八戒常說的話：「嚇煞人哉！」

當時，我正在臺灣，青年朋友阿榮問我：「回應嗎？」

我說：「好！請你轉告他們，把我寫成孫中山先生的女兒，是我莫大的光榮，多謝了！不過，硬要我丟開湖南祖宗，認廣東孫姓祖宗，未免太霸道。要挖我的

「我是齊天大聖的後代嘛！寫報導怎可以『想當然』！」

根，可以直接問我，何必想當然？要他們記下來：我，孫淡寧，是齊天大聖孫悟空的嫡系後代，老家在湖南冷水江花果山，水簾洞，因始祖孫猴子隨唐僧往西天取經，一去不返，子孫四散，為生存，為生活，不得不投入人間。再說你去過我家，應該看到，我家廳堂几案上，紅燭臺前，有一幅頭戴雉冠、身披鎧甲的齊天大聖肖像，就是我的始祖。

對這種「驚人報導」，必須有「驚人的回應」。講完，拍桌大笑。

……一九八一年的故事

在國際宴會廳，主人們都是棕髮碧眼洋紳士。長燭吐著火焰，銀光閃閃的餐具，把他們的膚色襯托得更白皙了。

座上有兩位陪客，一位是黑髮黃臉的青年教授，另一位是金髮的青年洋教授，主客是兩位來自中國大陸的科學家。賓主雙方都很矜持，談話也很嚴肅，黑髮的青年教授，協助中國科學家準確表達他們的意見。

侍者端來熱騰騰的湯，談話暫停。忽然，一陣陣唏哩呼嚕的聲音，很響。主人微微抬頭，詫異的掃了一眼，原來是那兩位中國科學家在唏哩呼嚕的喝湯。黑髮青年教授發現主人眉頭帶緊了，便挺了挺腰，也唏哩呼嚕的喝起來，而且喝得更響；他身邊的青年洋教授，看看黑髮青年教授，也跟著唏哩呼嚕。於是，整個餐檯，唏哩呼嚕響成一片。

喝完湯，黑髮青年教授笑了笑，帶著傲慢；青年洋教授笑了笑，帶著安慰；客人也笑了笑，笑得很滿足，很愉快。

這時，我正在華盛頓，「癩痢頭兒子」告訴我這個故事時，傲慢的神情仍在。

居留海外，即使入籍別人的國家，膚色、血統，仍然是中國人，再高的學識，再多的貢獻，也難徹底消除白人的種族歧視，為了維護種族尊嚴，狹窄的說，維護個人的尊嚴，採取自衛或反擊，有時是必要的。這個世界，究竟有多少「以平等待我之民族」？孫中山先生的期求能實現嗎？真是大大的疑問。

洋人用餐，刀叉不能碰碗碟，喝湯不能有響聲，這是禮貌；在我們中國，尤其是老一輩，嚼菜、喝湯發出聲音，是表示享受食物的美味，這是一種民族習慣。自從中國接受了西方文化，生活方式開始偏重西方習俗，這並沒有什麼不對，問題在中國人偶有「非西方」的行為，便認為羞恥，就大可不必了。

我並不贊同唏哩呼嚕的喝湯方式，洋人把唏哩呼嚕喝湯列為不禮貌，是他們的標準。不過，入境也該問俗，在別人的國家，要尊重別人的習俗，湯味雖美，不妨

默默的品嘗，以免聲驚四座。

今日，在世界各地，所謂禮節，多向歐美看齊，如印度的合十、中國的抱拳，都被握手替代了，和國際友人相處，必須「從眾」，否則，令人側目事小，有損國族體面則事大了。

黑髮青年教授故意唏哩呼嚕喝湯，是表示中國科學家的喝湯方式，是中國人的習慣，並非不禮貌；那位青年洋教授跟著這樣喝，是表示尊重中國的習慣，含有對抗自己白種人優越感的意思，這兩位年輕教授雖然扭轉了一時的尷尬場面，卻不足為訓，但願以後不會再有同樣的情形發生。

二〇一〇年的幾句話

唏哩呼嚕喝湯，只是中國人的習慣，並不妨礙他人。但是，隨地吐痰、丟紙屑、菸頭、不排隊、公共場所高聲談笑等，可以稱之為惡劣的行為，依然頑固的存在，為什麼？

在美國，我認識的年輕人，是跨出「痰盂」時代的中國新一代，都能融入國際社會，這是最感安慰的事。

布拉格小子

偶然撩起紗簾，看到有個洋小子，在路邊徘徊張望，當他走近我家的時候，我認出他是誰了；古銅色皮膚，眼睛碧藍，兜腮鬍子修剪整齊，依然舊時模樣。

我跑去開門，他走上石階。「阿媽，是我，你的傻孩子呀！」他的中國話比以前更純正了。

「布拉格小子！」我說：「進來！我們有多少年沒見了？」

他是捷克「布拉格之春」的活動分子，剛離大學就遭捷共和蘇聯特務搜捕，逃亡巴黎，阿蕎收留他、照顧他，給他工作，教他中文。

我們相識是很久以前的事了，也曾有過無數次長談紀錄。此次，他應邀到紐約參加一項業務會議，抽時間來探望我。

這晚，飯後，我們在後園談天，直到露冷衣濕，才發現天快亮了，我忙著做早餐，還裝了大盒他愛吃的火腿炒飯，給他帶去充饑。太陽升起，他駕著租來的汽車走了，我躺上床，細嚼我們的談話。

這次假期，他到過很多地方，在布達佩斯，「匈牙利國際關係學院」院長齊諾瓦對他說：「現在，社會主義必須加強本國文化，不重視自己文化的人，是劣等人，不重視自己文化的民族，是劣根民族，缺乏自己的文化，總有一天會在這個世界消失。」

他參加匈牙利青年「國際問題討論會」，座中發言人都認為東西德要進一步聯繫，共同保障歐洲安全；贊成政府邀請反共西方國家元首如英國首相柴契爾，義大利總理克拉錫，西德總理柯林訪問匈牙利。

他被邀出席東德和羅馬尼亞大學聯誼座談會，兩國大學生一致擁護他們的領導人訪問西方國家，謀求溝通。他給我看許多照片，其中一幅是一個年輕人站在會議桌上發言，捏著拳頭，「布拉格小子」說，「這是羅馬尼亞學生領袖，他正在說：『我們會選擇自己的路，我們知道哪條路應該走，哪條路不應該走，這是我們自己的路，誰也無權過問！』」

我看到他左腕上的疤痕，是他當年離開捷克時，路障鐵刺勾掉了一大塊皮肉，約四吋長。

「布拉格小子！」我說，「那年見你，這個傷痕是深紫色，現在已經轉淡了。」

「無論如何，它永不會消褪的，它使我想起老家的河流、田園，和許多熟悉的臉。」

「你在巴黎不快樂？」

「是的，我是應該快樂的，巴黎很美，很自由，有很多朋友，但是，那是別人的土地，不屬於我。」他緊盯著我好一會，問：「阿媽，你呢？」

「我麼？」我走到後園的中央，伸展手臂作了個一百八十度旋轉，說道：「在我看來，大西洋是黃河的旁系，太平洋是長江的支流，我擁有這七千多呎的地方，就是我的國土，當你踏上石階的第一步，你已經到了中國——」

話未講完，他已衝了過來，緊緊的抱著我，眼淚滴在我的老臉上。

當時，我也曾購買兩小瓶（由於出產不多，都是小瓶裝）。我不太喜歡喝紅酒，就像豬八戒吞人參果，糊里糊塗的喝了。

少時，在軍旅中，老百姓以自釀的米酒勞軍。三湘原是魚米之鄉，農家米酒香醇，但酒精度很高，我只適當的喝兩小杯來驅除巡夜時的疲憊。

抗戰勝利後，退伍，回南京工作。在國際宴上，也曾經嘗過各國名酒。最難忘的是蘇俄特製的軍中伏爾加，此後就再也沒有喝過那麼好的伏爾加了。

而今老了，人家送我的茅臺、五糧液、陳年金門高粱，寫讀時擺一杯在桌旁，微微的酒香，也能提精神。

日前到臺灣埔里鄉間，在出家學生圓誠的「東林淨苑」住了幾天。該庭院前排列著一籮籮新摘的青橄欖，我從未見過那麼大的橄欖。有的大如雞蛋，是用來釀蜜橄欖用的。據說頭年入罈密封，次年開封，清香滿屋。她給我喝半杯去年的原汁，那濃香的果汁含在嘴裡，竟然捨不得吞呢！其中也有酒味，當然，任何柑果封存久了，都會發酵變酒的，她們的橄欖汁開罈後，滲入泉水，酒味就消失了。

豐子愷先生，一生淡泊，他那「一壺酒，半碟花生米」的超脫，不是世俗人能了解的。他常將喝酒的情趣收入畫中，那深透紙筆的和平、溫暖，今日已難找尋了。

古人多愛酒，尤其是詩人，更離不了酒，隨便翻翻《唐詩》，就有很多與酒有關的詩句，大都是飲酒消愁、助興、抒發感情和捕捉靈感。

白居易的：「綠蟻新醅酒，紅泥小火爐」，和王翰的「醉臥沙場君莫笑，古來征戰幾人回」，是我最愛的詩句。前者，充滿飲酒人的安逸；後者，是喝酒人的壯烈豪情。

孟浩然的「何當載酒來，共醉重陽節」，韋應物的「欲持一瓢酒，遠慰風雨夕」，和老友重聚一起，摸摸酒杯底，是飲者的享受。還有「把酒話桑麻」，個中境界豈只是酒醉人？

李白詩中多飲酒，「且樂生前一杯酒，何須身後千載名」、「天子呼來不上船，自稱臣是酒中仙」，管他什麼青史留名，管他什麼皇帝老子，喝酒緊要哪！唯獨「酒仙」才有這份狂傲。

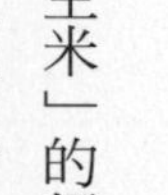

J&B 沒有帶來靈感，卻帶我去見周公。

他那「五花馬，千金裘，呼兒將出換美酒，與爾同消萬古愁」，以及「舉杯消愁愁更愁」，是詩人的情懷，也說明了酒可以消愁，也不能消愁。只是，酒能帶來寫作的靈感，倒是真有這麼一回事，「李白斗酒詩百篇」，即一例。

想起來，真可笑，有一回，我頭腦閉塞，無法寫稿，「癩痢頭兒子」買來一瓶洋酒「J&B」，說：「海明威每天要喝一瓶『J&B』，才動筆寫文章，所以這種酒又叫做『作家的威士忌』（Writer's Scotch），不妨試試。」我大喜，滿以為一杯下肚，下筆千言，豈知，半杯還沒喝完，便伏在稿紙上見周公去了。

多丟人！肚子裡沒有墨水，浸在酒缸裡也是枉然，何況，當年的酒量已隨歲月消失了。

發瘋

應邀參加一個青年人聚會，談二戰後中國地位的提升。主持人在介紹詞中說：「眾所周知，農媽媽最愛瘋，會後，我們陪她去森林狩獵屋瘋兩天，作為酬勞。」狩獵屋只有兩間房，另架了八座帳篷，才夠容納這麼多人，他們滾草坡、尋野兔窟、爬樹探鳥巢，等等，盡情發「瘋」，我老了，不敢有大動作，看他們「瘋」得像小孩子。

「瘋」的方式很多很多，不論怎麼「瘋」，都是樂趣，不過，發「瘋」也得具備天時、地利、人和的條件，選擇適當的氣候、適當的地方容易，只是「瘋伴」難尋，面對那些性格拘謹，語言行動一板一眼的人，根本就「瘋」不起來，如果一群「瘋人」之中插一個這樣的人，也會令其他的人「瘋」興索然。

有個楞小子將「發瘋」比作喝酒，他說：「一顆老鼠屎，搞壞一缸酒」，可見「發瘋」必須是清一色的「瘋人」。

我有一批徒兒，不僅「瘋」勁十足，而且懂得「瘋」的藝術，記得當年，他們舉行球賽，頒給冠軍的錦旗，是一條運動褲撕下的一片做的，上面寫著「君子好『球』」四個大紅字。請我開球，兩隊排列整齊，首先由雙方隊長介紹球員，全是渾名，例如，鐵狗、拉仔、小飯桶、小鬍子等等，每人在我老臉上「噃」一聲親個響吻替代握手，然後在雷動掌聲與笑聲中，揭開「瘋」勁十足的球賽序幕。

我曾帶他們去臺灣觀摩擁有最現代設備的報館，遊山玩水，山邊、水畔、橋頭、農舍成了臨時課堂，老友為我們訂下溪頭獨立木屋，吃的是剛從水塘裡網起的大魚，菜園裡拔出的蘿蔔、芥蘭，農場的土雞，吃得太多，便「發瘋」來消化脹鼓鼓的肚子。木屋與該區的賓館有一段距離，但後來管理員告訴我，我們的喧鬧曾使許多賓客無法入睡。

來到美國，我失去了「瘋」的伙伴，也少有「瘋」的機會。身邊楞小子缺乏「瘋」的訓練，搶幾個水餃，喝兩瓶啤酒，大雨中開車去巴爾的摩坐咖啡店，他們已經

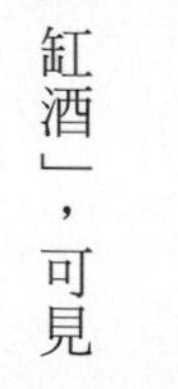

認為是「瘋」得狂了。

有次，一家人在後園看兩個「小小癩痢頭」游水，忽然，兩歲多的小傑拿水槍朝我猛射，我閃躲不及，滿臉是水，於是大喝一聲：「你這個小壞蛋！」勺一瓢水回潑他，小壞蛋樂了，一邊笑，一邊追著我射水，我只好舉起塑膠椅作擋牌，祖孫倆瘋成一團，坪台濕了，老伴和「癩痢頭兒子」姊弟紛紛後退，媳婦趕忙拿照相機，拍攝老祖母和小孫兒水戰的奇景。「瘋」興正濃的時候，四歲多的小騰大叫：「停止！這並不好玩，停止！看上帝份上！」（Stop! That's not funny! Stop! For God's sake!）他在家學講國語，這時，小臉通紅，爆出一連串的英語，焦急中帶憤怒的神情，和所喊的語句，像小老頭，可愛極了。他怎麼會說這種老氣橫秋的話？阿女說，大概是學校老師制止學生打架時講的，眼見祖母和弟弟胡鬧，便不知不覺用上了。

老伴和「癩痢頭兒子」一向管束我「發瘋」，現在又多了個小騰。馬利蘭是「蟹之州」，我真要變成大閘蟹了。

詩人鄰居

在這個洋人的國土上，最大的快樂是能夠自由過日子，人與人之間，沒有干擾。大學山居民，都很友善，久了，由街坊鄰居變成朋友，其中最有趣的，要算是里夫了。

里夫是作家，執教喬治華盛頓大學，年方「六八」，即六十八（劉海粟大師的計齡法），個子高大，大眼大鼻子大嘴巴，嵌在棕灰色頭髮和兜腮鬍子裡，粗壯的手臂，滿是黑毛，真像卡通裡的海盜，而他的談吐、舉止極其溫和，還帶點兒稚氣，有時也會和他那大得駭人的雪狗「魯博」鬧情緒。

他的太太媚莉蘭，年輕貌美，是法語和西班牙語教師，文靜、溫柔，做得一手好女紅，里夫穿著她縫製的衣服，總不忘記向人誇耀一句：「我的妻子多能幹！」

媚莉蘭真是美人胚子，初次見她，那垂及腰際的長髮、骨肉停勻的身材、白裡透紅的皮膚、寶石般的綠眼睛，和含著淺笑的小嘴，簡直是雕塑。見到她，我才知道什麼叫「上帝的傑作」，嫁給這個「海盜」，未免太糟蹋了。

後來，逐漸發現里夫的可愛，他誠懇、坦率，純真得像個小孩子，相信這就是吸引媚莉蘭的魅力。

有次，里夫邀請我們去他家吃晚飯，稱這頓飯為「盛宴」，且再三表示：他是「一等一的廚師」，不輕易下廚，除非來客是好朋友。

老伴怕西菜，寧肯在家吃鹹魚炒飯，我只好獨自赴「盛宴」。

餐桌上燃著蠟燭，陶瓷餐具很典雅，餐巾上繡有拉丁文的飯前祈禱詞，確實蠻夠情調。但是，這個「盛宴」只是一盆青瓜沙拉，一籃麥子麵包，和一缽咖哩牛肉，幸而我是個白飯都能吞兩大碗的人，啃幾片麵包就飽了。回到家裡，笑嘻嘻的告訴老伴：我享受了一頓豐富的「盛宴」。

不久以前，媚莉蘭來電話，說里夫將送我們一件精心製作的禮物，我和老伴「受寵若驚」，正在討論如何「回贈」問題，他來了，拿著一張紙，很鄭重遞給老伴。所謂「精心製作」，原來是一首詩。

「寧，用鏡框掛在牆上！」他吩咐我：「希望你把它譯成中文寫給我。」鄰居老教授說，美國作家贈詩，是大事，應該遵照他的要求來做。

老伴對他的詩，比對他的「盛宴」有興趣得多，很快就譯好寫在宣紙上給他，只是苦了我，拿著嵌詩頁的鏡框滿屋跑，不知道該掛在哪裡。

這首詩譯成中文是：

她，像彩鶴，高飛經層巒，低飛掠過海洋。
他，像大樹，穩定的成長，表現著生命和安詳。
彩鶴飛倦了，憩息在高枝上，計劃著再次遠航。

老伴是搞科學的，我認為這首詩譯得蠻好。

里夫自稱「流浪人」，或「流浪詩人」，周遊世界，每到一個國家，便找教書工作，再往另一個國家。夫婦倆喜歡中國，在中國逗留的時間也較久。他們離開大

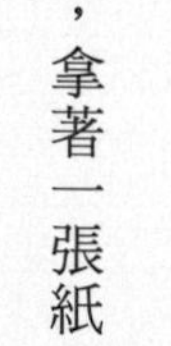

他是美國詩人，外貌像極了卡通片中的海盜，卻有位絕美的妻子。

學山有二十幾年了，曾經寄居的地方，早已歸回屋主，每經過時，總要多看幾眼，心中說不出的惦念。

詩的原文是：

She the crane
Lifts over mountains
Glides across oceans

He the great tree
Secured yet growing
Grants life and peace

Exhausted the crane
Rests high in the branches
Able to see its next journey

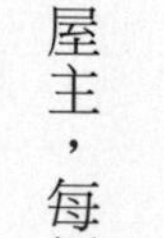

詩能醫治憂鬱症

這個年頭，「憂鬱症」成了流行病，從抗憂鬱藥、鎮靜劑的銷行統計看來，不難發現這種病患在迅速增加。

社會競爭愈激烈，人際關係愈複雜，「憂鬱症」患者也愈多，這是必然的現象。

什麼是「憂鬱症」？一般來說，是過於焦慮，無端煩躁，情緒低落，惴惴不安，對任何事缺乏興趣，厭食、失眠，甚至覺得身體是累贅，不知該怎麼安置。

「憂鬱症」是心理病，病原有近因，有遠因，近因大都是遭受感情挫折、工作困擾、事業失敗等等，意志不夠堅強的人，很容易患上「憂鬱症」，病根不深，事過境遷，病情也會隨時間消退。遠因是經年累月的憂患、恐懼，層層疊疊積壓心底，病發時，心境灰暗，了無生趣，這種「憂鬱症」比較嚴重，很難根治，服藥、找精神分析醫生，都少有顯著的功效。醫治「憂鬱症」的藥物相當貴，心理醫生收費也很高，經濟能力較低的患者，常依靠親人、摯友的慰藉治療。

不久前，英國卜里斯特大學教授羅賓·菲利浦，發表對「憂鬱症」的研究；說詩可以治療「憂鬱症」，他給患者開的處方，是濟慈、布朗寧等詩人的作品。由於他是權威學者，此說引起極大的反響，醫藥界十分緊張，唯恐這一療方有效的普遍採用，就會斷掉他們的一條財路。

詩可以治療「憂鬱症」，應該是可信的，煩惱時讀讀詩，往往能使心胸舒暢，我有此經驗。

讀新詩、舊詩或外文詩都可以，最好選擇喜歡的讀。我少讀外文詩，有些新詩又讀不懂，愛讀舊詩，但也讀得不多。據我個人有限的了解：李白的詩奔放，能給人解除束縛的感覺；白居易和蘇東坡的詩超脫、飄逸，令人渾忘物我；辛棄疾的詩瀟灑，讀來心曠神怡；王維的詩禪意濃，能帶來與大自然合一的寧靜、平和境界。家國觀念太深的人，莫讀陸遊的詩，會造成心靈虐待；杜甫的詩多傷感。

莊稼婆學寫詩，自得其樂。

還有，唐詩多悲苦，宋詩較超脫，宋朝詩人中，陳去非的詩最豁達、樂觀，情緒低落時，不妨讀宋詩。這些只是我個人淺陋的看法。

如果肯寫詩，那就更好了，寫詩比讀詩更能宣洩情緒，將內心喜、怒、哀、樂盡情向詩中傾訴，不必計較寫得好不好，儘管寫就是了。我相信用寫詩醫治「憂鬱症」也許更有功效。

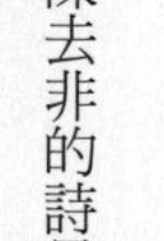

‧‧‧龜行操

「癩痢頭兒子」每天問我：「運動了嗎？」幾個楞小子醫生，每見到我必問：「近來作原地跑步，喘氣不？」「打太極拳，腰腿酸痛不？」然後，再叮囑一句「不要偷懶，運動是生命啊！」

我當然明白運動的重要性，這麼一把子年紀，不蹣跚、不遲鈍，是幾十年運動的成果。

有些老年人，輕輕的摔一跤，往往摔出大毛病，甚至要拄拐杖、坐輪椅，我在前幾年有過兩次摔跤的經驗：一次是冬天，出門時走得太快又太大意，不小心踏了冰層，整個人朝後一摜，在倒下去的一剎那，竟本能的一側身，後腦避過了堅硬的石階，否則，後果真不堪設想了。雖半邊身體瘀腫，卻未摔出嚴重的問題。一次是看到坡下有株紫花，很美，一時忘記自己是古稀老傢伙，飛奔下坡察看，豈知濃密的青草，抹了油似的，穩不了步，我隨即朝後一滾，藉以減少衝力，才不致摔成五痨七傷。

醫生說我這兩次摔得不輕，沒有震腦，是由於平時多運動，才能迅速產生保護性的反應。

因此，我常勸人盡可能養成運動習慣，老雖是自然規律，但要老得健康、老得靈活，經常病痛需要服侍，不僅累人，更且累己，何苦來！

保健專家建議：人到中年，就該注意運動，老年人更要運動，做柔軟體操，或散步。近幾年來，連歐美老年人都學太極拳，認為是最好的健身運動，值得參考。

不久前，有次，我絕早外出，忙了一整天，傍晚回來，疲倦到了極點，肌肉都有些僵硬，一到家，便趴在地上，歇息很久，仍然四肢無力，但總不能老是趴在客廳裡，索性爬呀爬的，爬進臥室。這麼一爬，竟感到從未有的舒暢，使我不想站起來。於是，又爬了兩圈，居然渾身輕鬆，疲勞盡失。不覺大為驚奇，以後，每當困倦，又試爬幾次，竟有同樣的效果。可能是：爬行時，肩、頸，尤其是手肘、膝頭，都在運動，因而促進了全身血液循環吧！

「瞧！這就是『龜行操』！」

我住在馬利蘭州，州獸是烏龜，我將這運動定名為「龜行操」。誰都知道，烏龜是長壽動物，我想牠之長壽可能與爬行有關。烏龜爬行和其他爬行動物不一樣，烏龜爬行緩慢，不急不躁，呼吸均勻。人在運動時，能夠做到這些，已很不容易了。這種爬行運動，很適合老年人健身。再說，我享受到它的舒適。

一九九七年，訪臺灣，那裡的小子們知道我的瘋勁，帶我去偏遠的鄉村，攀藤爬山坡、摘野果、尋茶寮、牽黃牛，總之，找我在美國做不到的事來瘋，根本不記得自己八十多歲了。

那天，茶農朋友邀我去他家，喝頂尖兒的山茶，吃他們特製的豆腐羹，這都是我喜愛的食物。我高興極了，一邊換衣，一邊想那綠蔭滿廊，熱騰騰的大水壺，和古樸的沏茶方式，樂極了，忘形了，快步衝出房門，忘了穿拖鞋，絲襪踏在抹臘的地板上，滑溜溜的，狠狠的摔了一跤，左腿骨折斷了。

接著是進醫院，動手術，這次挨苦忍痛，是自作自受，怨不了誰！十幾年前，來美國時，梅女再三叮囑我：「切忌大動作啊！」她怎麼也想不到，我會闖下「大動作」的大禍。醫生說，年歲大的人摔跤，後果是，需要躺在床上，或終生坐輪

椅，再或用助步器，嚴重的就不必說了。

我從來不信邪，回美國之後，除了步行，每天做「龜行操」，不計時，因為這是柔和又有勁力的運動，腿骨能迅速恢復，我相信是「龜行操」的功效。

野獸進屋

這幾天，廚房、客廳，經常聽到「咕咕」叫聲。

美國房子大都採用一種特製的木板建築。小白屋是舊時磚屋，有夾牆。我說：

「有鴿子在夾牆裡築窩呢！」

「我看是眼鏡蛇。」老伴想嚇我。

他嚇不了我的，根據我過去的鄉居經驗，蛇的叫聲確有些像鴿子，但眼鏡蛇只會發出「嘶嘶」聲音。若果真是蛇，必然是地窖的蛇將軍倦遊回來了。

蛇將軍一到，老鼠絕跡，我寧願招待大蛇，也不容許鼠輩猖狂。牠們那種偷偷摸摸、暗中作祟的行徑，令人厭惡，大蛇就不同了，擺明一副「觸犯本爺，後果自負」神態，磊落得很。

大學山有城市鄉村之稱，樹木多，水塘深，家家有廣闊的草地，大樹高聳入雲，花草密集，飛禽走獸來去自如，從不犯人。但是，只要有一隻老鼠闖進屋，便永無寧日了；掀食盒，啃麵包、芝士，沾汙地毯，橫行無忌。蛇能逼鼠，鴿子和平，這「咕咕」聲，對我絕無威脅性，也就聽之任之了。

前晚，客廳壁爐裡突傳異響，爐內鐵鏈垂簾不斷的敲玻璃爐門，聲音很大，我亮起露營燈察看，嘩！一隻灰褐雜毛、長臉、尖嘴、寬黑眼圈，似狐非狐，似熊非熊的動物，龐大的身體，塞滿壁爐，角落裡還蜷縮著兩隻小的，閉著眼睛，大概是剛出世的小傢伙。那動物可能是被強光激怒了，也可能是怕人傷害牠的孩子，發狂似的朝我猛撲，眼見壁爐門要撞開了，我使勁抵擋，高喊：「快來啊！野獸進屋啦！」

老伴趕來，急忙移動沙發頂住爐門，鐵杉木的沙發很重，牠力氣再大，也難推開。

首先撥電話給「癩痢頭兒子」。

他說：「這是 Racoon，怎麼進屋的？」

「在煙囪裡生仔，大概地方不夠，掉下來了。」

「會咬人的，也許還有狂犬症，千萬別讓牠跑出來，今天是週末，又夜深了，找不到人啊！暫時堵住一晚，明天我再來處理吧！」

那隻齜牙咧嘴、腳爪尖銳的動物，撕鐵簾、衝爐門的凶相，著實駭人；再加上「會咬人」、「狂犬症」的說法，老伴緊張極了。我勸他安心睡覺，說：「這樣堅持下去，牠會不顧性命衝出來，我們必須撤退、熄燈，消除牠的恐懼感，待天亮，再設法趕走牠。」

老伴無可奈何的回房去了，我趕緊查英漢動物詞典，才知道這種像狐狸，像熊，又像黃鼠狼，更像獾的動物是屬於狸類，中文名是「浣熊」，可以作為寵物。爪利牙尖，性情暴躁。這樣的野獸，也能當寵物，真是匪夷所思。不過，美國人養寵物，可以說是無奇不有，有人將蟒蛇、野豹養在家裡的，訪客和主人談興正濃的當兒，突然，沙發下竄出一條巨蛇，或者從樓上走下一隻花豹，把訪客嚇得魂飛魄散，這類事並非奇聞。那年，我初訪洛桑先生牧場的家，首先出屋歡迎我們的是一隻老虎。

既能養蟒蛇、野豹子、老虎，當然也能養浣熊。蟒蛇要拔牙，野豹、老虎不僅要拔牙，還得磨平利爪，浣熊就簡單了，不必找獸醫動手術，誰都能剪平牠的爪甲。

再說，壁爐裡兩隻小浣熊的確可愛，大黑眼圈、毛茸茸、圓滾滾，真有些像絨毛玩具。我想：寵物送上門，就留著吧，怎麼飼養，明天再商量。

第二天，是端午節。「癩痢頭兒子」來了，還來了阿和、叮噹、「新出爐的博士」小楓和阿超，他們原是來小白屋裹粽子，安排過節的「煮飯隊」。於是議論紛紛，老伴主張通知警察局，或專為居民捕捉野生動物的機構，我和「癩痢頭兒子」堅決不肯，那些「殺手」一到，大小浣熊休想活命。任何生物都有生存權利，只要不害人，能放生應放生，又何必趕盡殺絕？最後決定大家動手，強迫牠們離開。

鄰居樂教授趕到，帶著厚手套，揑了柄掃帚，參加「狩獵」行列。他是大學山老居民，應付這類事情該有些經驗。

他笑著問我：「你會烹浣熊肉嗎？」他是猶太人，滿腦子的實用價值。

「狩獵」行動開始，「癩痢頭兒子」發號施令，將沙發、餐枱、靠椅堵成一條通道，敞開大門。首先，我把兩隻小浣熊扒進紙箱，樂教授緊握掃帚，站在椅子上，嚴陣以待，阿和守著壁爐，其餘「狩獵人」遊走屋內外，吆喝呼喊助威，老伴承擔了瞭望任務，坐在後園草坪中間觀守，以防大浣熊突圍，朝不許牠去的方向竄逃。

「癩痢頭兒子」爬上屋頂，用強光電筒察看煙囪。

「裡面還有哪！可能都是小的！」他喊。

「在幹什麼？」我問得很蠢。

「擠在一堆，」他回答：「煙囪像個膽瓶，牠們躲在凹肚裡。」

「用長竿趕出來！」

「不行！沒有那麼長的竿子。」他說：「試試在壁爐裡燒報紙，用煙熏。」

他在屋頂煙囪口朝屋內發命令，阿和立即行動。煙囪冒煙了，浣熊沒熏出來，反熏了自己，「癩痢頭兒子」閉著眼睛嗆咳。

濃煙不斷上升，浣熊死守陣地頑抗，濃煙難受，只是在煙囪裡嚎叫。

野獸進了壁爐，趕走牠！

「癩痢頭兒子」大喊：「快熄火！再熏下去，會變成燒烤浣熊了！」撤了火，又採取另一個辦法，再用燃燒報紙，從上面丟進煙囪，迫使牠們朝下跑，這樣就可以由大門逃生了。

這一戰略果然見效，一隻隻小浣熊從煙囪掉下來，全是小的，和紙箱裡的兩隻差不多大，一共六隻，很明顯的，那隻母的不在煙囪裡，查清之後，「癩痢頭兒子」下令收兵。

樂教授說：「我們作了次成功的狩獵！」

六隻小東西在紙箱裡擠成一堆，軟軟的趴著，眼睛還沒有睜開，無疑是剛出生不久，有趣極了。「癩痢頭兒子」撥電話「報喜」，媳婦和「小小癩痢頭」兄弟趕來，想選兩隻漂亮的帶去養在園裡，「癩痢頭兒子」試用吸管餵牛奶，但是，小浣熊不會吮吸管，只好放棄這個計劃。

媳婦說：大學山這麼多戶人家，野生動物偏偏選擇小白屋。野兔、大蛇和浣熊都要來定居。也許，牠們知道這裡安全，而又有很好的照顧吧！

她講得很對，有次，後園來了隻動物，渾身灰黑，在遮陽傘枱下休息。初時，我

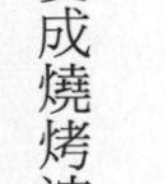

以為是隻小豬，仔細一照，紅眼，垂著雙大耳朵，鼻尖一縮一縮的，才知道是野兔，一輩子沒有見過這麼大的兔子，趕緊拿一棵白菜、兩根紅蘿蔔熱忱歡迎，天天新鮮瓜菜殷勤招待。幾天後，不見了，可能是新環境不及舊居，回山洞去了，擔心的是，當牠徜徉花叢、樹蔭時遇到狼狗，遭了不測。這個心結，至今未曾解開。至於地窖裡的大蛇，我每從市場回來，必用竹扒送些雞蛋下去，以盡主人款待之責。還有「王者威儀」的大鹿，也有活潑跳躍的小鹿，不時到訪。

浣熊是野獸，當時，我還沒有跟牠建立友誼，不得不下逐客令。但是，大的走了，留下小的，怎麼辦？希望晚間夜深人靜時，那隻大的回來給小的餵奶。

天陰，雲層堆集，要落雨了，小楓找了個大鐵桶，翻倒在後門檻邊，既可讓這些小東西避免淋雨，又能讓浣熊媽媽容易找到孩子，小楓還在紙箱口搭一根線，如果線斷了，就知道牠來過。

翌晨，紙箱空空的，卻聽到有叫聲，還有隻小浣熊在花坑裡，那粗心的母熊，竟然忘了帶走牠。我又緊張起來。

阿超說：「如果今晚還在這裡，便收養牠，用實驗室的小滴筒餵牠牛奶。」這是唯一的辦法了。

雨很大，小東西爬到屋簷下躲雨，淒涼的叫聲使我坐立不安，端了盆牛奶跑出去，牠仍不會喝。只隔一晚，似乎長大很多，眼睛也睜開了，烏溜溜的眼珠盯住我，同時，趴著腳緊緊跟著我，我走，牠也走，我停，牠也停，好像有意逗我開心。第二天，檻檐、花叢、鐵桶，靜悄悄的，牠跟牠的媽媽走了，真的走了！留給我莫名的悵惘。

兩隻腳的浣熊

浣熊的全名是「北美洲浣熊」，難怪那麼熟口熟面的。百貨公司有成架的絨毛熊，節日遊行行列中，戴草帽、結領帶，搖搖擺擺隨著音樂踏步的大熊，就是這副尊容。

動物詞典說：北美浣熊產下小浣熊時，特別富攻擊性，如有人類或貓狗走近，便展開尖牙利爪狂撲，保護牠的孩子。

前幾天，大學山發出通告：浣熊生育季節到了，居民要小心看守飼養的寵物，以免被浣熊咬傷。

壁爐裡的浣熊遭迫遷，不知找到新家沒有？夜晚，我伏在窗檻上，望著後園草地橫著的空鐵桶，心底浮起幾分思念、幾分歉意。

我家地窖有大蛇將軍據守（從牠留在地窖的脫皮看出，至少有七、八呎長）。希望母熊選擇別家地窖定居，安穩度過兩、三個月，小浣熊就能夠獨立生活了。

我更想念那隻曾被母熊遺忘的小浣熊，在萱花坑裡挨過淒風苦雨的一晚，第二天爬到檻檐下緊緊跟我兜圈子，滴溜溜的眼珠盯著我，似懇求我收留。那可憐而又可愛的神情，一直在我腦子裡旋轉。

現在，四隻腳的大小浣熊都走了，我家又發現了兩隻腳的浣熊。

她是我的媳婦。

經過情形是這樣的：「小小癩痢頭」小騰、小傑兄弟，分別在兩間學校讀書。早晨，媳婦上班時送他們上學，下午由「癩痢頭兒子」接回家。這天，小騰要寫什麼「非洲計劃」（七歲小孩子要寫什麼「非洲計劃」，美國的教育真不可解？），必須他爸爸指導，便安排媳婦接小傑放學。

媳婦在美國衙門做事，不久前升了官。我問她是什麼官？她說：比「七品芝麻官」稍微大些。但是，要主持一個部門，工作加重了。

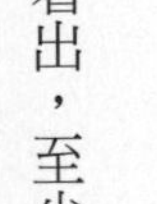

美國華文報紙常有鴿蛋般大字標題：某某華裔「榮任」什麼什麼「官」。其實嘛，美國人常利用「紗帽」榨取華人的智能，紗帽愈大，榨取的能量愈高，因此，媳婦也就被紗帽壓得透不過氣，居然把接小傑的事忘了。

傍晚六點鐘，她從成堆文件中爬出來，才猛然想起還有孩子在學校裡呢！幸而這間學校有值日老師照顧學生，照顧費按時計算，每分鐘一美元。付款是小事，讓孩子冷清清的等候爸媽，實在太可憐了。

當晚，媳婦來電話，詳細告訴我這件事。

我心頭一陣緊縮，衝口道：「你簡直是隻大 Racoon ！」

大概她沒想到我會吼她，沉默片刻，接著大笑說：「我實在是忙昏了頭！」

媳婦照顧孩子可以說是無微不至。往日已夠忙的了，現在更忙，而且忙得變成母熊，丟了孩子。

摘掉這頂紗帽吧！兩隻腳的大浣熊！

恭迎土撥鼠起床

美國人很懂得生活，也會找尋生活情趣；「萬聖節」扮鬼，「復活節」尋蛋，「聖燭日」看土撥鼠起床等等，老少同「瘋」，倒蠻令人羨慕的。

我認為「聖燭日」的「瘋」最有趣，但必須參加「土撥鼠協會」或「土撥鼠俱樂部」。

我愛「瘋」，凡是「瘋」的事，都想軋上一份，於是，廣泛搜集有關土撥鼠資料，申請入「土撥鼠協會」。二月二日「聖燭日」，「熏香沐浴，打扮整齊」（這是「土撥鼠協會」的規定），跟一班老、中、青「洋瘋子」，去山林野嶺恭迎土撥鼠起床。土撥鼠素食，性情溫和，高度敏感，腳矮身圓，灰毛，約二呎長，乍看有些兒像小豬。當然，小豬不會有那麼漂亮的毛。

協會成員告訴我：土撥鼠建造的家，是挖掘一條四十來呎的地下通道，直達十

四、五吋高、約十六、七呎寬的臥室，用樹葉、軟草鋪成舒適的床，有幾個門，卻用泥土堵塞，以防不友善的蛇狐之類進來打擾牠的清夢，臥室外有廁所，每在方便之後，必用泥沙掩蓋，以保衛生。

他們肯定土撥鼠能準確的預測天氣，土撥鼠的忠誠擁護者，都相信牠們預測天氣的準確性。

加入「土撥鼠協會」必須宣誓效忠，要承認牠們的智慧高於任何動物，要保護牠們的名譽。

土撥鼠預測天氣的報告方式，是在牠起床出洞的時候。睡了整個冬天，出來伸伸懶腰，這時，如果有太陽或陽光很強時，反映出牠的影子，牠會大吃一驚，趕緊躲進洞去再睡一個半月，倘若是雲霧低壓不見影子，那麼，牠便高高興興的散步，這樣，就表示冬盡了，大地即將回春。

查有關資料，土撥鼠能預報天氣，不是美國人發現的，而是早期德國和英國移民帶來的，英國人唱一首歌：

倘若聖燭日，陽光照耀，
還有半個冬天未到，
倘若聖燭日，烏雲密罩，
春天就要來了，
如果聖燭日，陽光照耀，
牧人寧肯看老婆死掉。

這原是德國歌，末尾一句德文歌詞是：「牧羊人寧肯讓野狼闖進羊欄。」這意思就是說：冬天還有很長日子，羊兒沒草吃，會餓死，不如讓野狼吃掉。英國人不很尊重老婆，拿老婆來開玩笑。

華盛頓、維吉尼亞、馬利蘭一帶，沒有土撥鼠組織，在距離最近的賓州，找到約翰老先生。他是退休商會會長。

妻子出身著名女校衛斯理大學，是個溫柔可愛的老媽媽，管家、煮餐，還親手料理大小事，六房三廳，一塵不染，花圃服務公司的園丁偷懶，她就拿剪刀執手尾，從無怨言。走廊上掛一幅土撥鼠起床出洞的大照片，鏡框下寫著：「我們對你的高度智慧絕不懷疑。」

兩老夫婦堅持邀我去他們家作客，因為「聖燭日」要絕早起身吃特製的早餐：土撥鼠沙拉、智慧果凍、預言家奶油雞湯、預報天氣番茄煮豆，還有炸薯餅、牛排等等，都有個與土撥鼠有關的名稱，記不了這麼多，忘記了。

平時，美國人的早餐十分簡單，烤兩塊麵包，一杯咖啡或牛奶，再或煮個雞蛋，但這天的早餐，簡直是筵席，大家盛裝入座，慢慢品嘗。

老約翰穿著十八世紀馬裝，頸脖上吊一串大小金牌，左袖繞一根豔紅絲帶，臨出門，還要擦一擦已夠閃亮的皮靴。他的老妻摸黑起床，梳頭整裝至少有兩個鐘頭，把稀薄的頭髮用髮膠攏成高髻，據說是舊時歐洲的貴婦髮型，為了恭迎土撥鼠起床，年年如此，必要作這樣打扮，以示敬意。

她見我一身夾克、棉布褲，微微皺眉。我說：「沒辦法囉！我盡了力啦！皮夾克是去年在歐洲買的，還沒穿過，棉布褲從香港帶來，也是新的。」

「好吧！我給你一頂帽子。」她拿出個大紙盒，慎重打開。

老天！簡直是小丑帽，半邊紅、半邊藍，插一束白羽毛。入境要隨俗嘛，我只好戴上。不敢照鏡子，怕嚇壞自己。老約翰竟大呼：「美極了！」真是他媽的！（這句國罵是在軍中學來的，用來消悶氣十分有效，此刻只能心裡罵，不敢發出聲。）

汽車駛了約莫兩個鐘頭，左彎右拐，在山崗邊停下，那裡已經有一大群人，在互祝「今天是美好的陰天，可喜可賀！」男人中有高帽燕尾服的、有穿博士黑袍的、有星條旗大衣的；女人多披皮裘，袒胸長裙，全是古代款式，有戴寬邊帽的，有箍花環的，不一而足，如果不是在郊野，我真懷疑是化妝舞會。

人到齊，神情肅穆的進入樹林，在一處大泥堆前停步，男女分兩邊排列。站得兩腿發酸，才看到泥堆有動靜，漸漸露出一個灰鼻尖，大家屏住了呼吸，不一會，鑽出一隻土撥鼠，老約翰以慢鏡頭動作迎上前，一伸手，將牠捧住，高高舉起，接著鎂光閃閃，留下珍貴的一剎那，然後放走，老實說，我還沒有看清楚牠的尊容。

晚上，老約翰家大擺酒宴，跳舞、唱歌，他們告訴我，唱的都是古老歌，如：「親愛的，今年好運啊！」、「我的影子和我」、「你睡得甜嗎？」、「寶貝！外面好冷」。

那種擊掌、挽臂的舞，我只在電影裡見過，幸而不難跳，總算瘋了一天。

與鬼同樂的萬聖節

「萬聖節」快到了，百貨公司擺著南瓜提籃和南瓜盤，各種鬼怪面具，新奇的兒童服裝，還有滿架的糖果。

「萬聖節」，是洋人的「Halloween」，我們稱之為「鬼節」，這不是中國七月半超渡鬼魂的「盂蘭節」，洋鬼節是小孩子最愛的節日，大人們挖空心思給孩子們化裝，傍晚時分，由父母陪同逐戶敲門討糖。

小孩子提著紙袋，或塑料南瓜籃，只要講一句：「Trick or Treat!」（不招待，就搗蛋），便要給他們糖果，否則，他們是有權搗蛋的，打翻你的垃圾桶，或用油漆塗汙你的大門，再或把細碎紙屑撒在你的草地裡，你不能發脾氣，因為這些惡作劇是被允許的，唯有送糖消災，換個平安。不過，我從未聽聞有小孩子「搗蛋」的事。

「萬聖節」是十月最後一天，從二十八日開始，隨處有化裝舞會、遊行，熱鬧得很，大人們也利用這個節日，重拾兒時歡樂，盡情狂歡。

二十九日，大學山聚會。有年輕媽媽抱著不夠半歲的小娃兒，小娃兒嵌在絨布縫成的大紅蘿蔔裡，一雙小腳，吊著兩條綠色蘿蔔葉，真是別出心裁。

遊行隊伍中的小孩子，大概只是兩歲到九歲左右，有的扮成小白兔或松鼠，豎起耳朵、小嘴邊畫著鬍鬚，有的扮成羅賓漢，肩掛弓箭、腳踏黑靴，有的扮成印第安人，塗花臉、舞著長矛，還有小天使、木乃伊、太空人、機器人，和形形色色卡通人物，最受歡迎的是ＥＴ，跟電影中造型一個模樣，胸前閃著紅光。

美國的小孩子真是天之驕子，不論貧富，做父母的，總盡可能讓孩子快樂，有錢的父母，給孩子買化裝道具，一擲數百美元。一頂印第安酋長的羽冠、一串胸飾，兩百四十美元；軟膠ＥＴ裝，整套兩百八十美元；一套黑將軍面具、長袍，一百八十美元，最普通的是鬼面具，也在七、八十美元到三、四十美元不等（一九八三年的市價）。有些經濟能力差的媽媽，親自給孩子縫製服裝，比大公司出售的更新奇、更搶眼。

三十日晚，喬治城有成人化裝集會，更是千奇百怪，街頭擠滿「妖魔鬼怪」，呼喝笑鬧。喬治城有一區居民，非富即貴，平日裡，雖不道貌岸然，也頗矜持，此時，塗花臉，或套上面具，瘋得如醉如癡。

三十一日黃昏時，家家戶戶已亮起門燈，迎接討糖孩子，他們的父母，站得遠遠的，見到孩子按門鈴，拿到了糖，然後走過來，擁抱著他們的孩子繼續前進。

老伴不喜歡「瘋」，萬聖節自願留在家裡看電視，等候小孩子來要糖。近晚我和幾個楞小子去喬治城參加成年人的鬼節狂歡。

喬治城，可以說是華盛頓的特殊住宅區，居民中，有五角大廈人物，有國會議員，有掌握美國經濟命脈的財閥，這個區域看起來並不豪華，舊舊的房屋，窄窄的街道，矮矮的商店，偶或在那不顯眼的酒吧裡，你會遇見似熟悉、又陌生的人，他會跟你微笑招呼，舉杯問好，和你談球賽、談歌劇，如果你一時無法認出他是誰，不久，你就會知道他是誰了，因為這些人時常在報刊、電視露臉。

有個老侍役意味深長地說：「他們厭倦了逢迎的嘴臉和家人的嘮叨，來這裡享受片刻無拘無束的自由。」

每年鬼節，喬治城「遊街」，人們可以盡情在街上蹦蹦跳跳、吵吵鬧鬧。

喬治城的鬼節狂歡，屬於成年人，不許帶小孩子，不准汽車駛入，警察大規模出動，三步一崗、五步一哨，攜帶著雷達探測器，便衣警探混在人群裡，軍用直升機不時盤旋上空，保護狂歡的人們。

我們一伙在車道封鎖前到達喬治城，找了間餐廳，佔下近長窗處的座位，吃「馬拉松晚餐」，欣賞街景，倘遊行進入高潮，「妖魔鬼怪」發狂，抓人，追人，我們也有個地方躲一躲。

八點鐘開始，「妖魔鬼怪」陸續出現，眼睛閃綠光的大黑熊、渾身裹白布的木乃伊、青面獠牙的狼人、披頭散髮的女妖、藍臉大鷹鼻的巫婆和皆目咧齒的怪獸等等，發出各種嚎叫，街燈不很明亮，陰森恐怖氣氛更濃。我出門拍照，忽然背後伸出毛茸茸的巨爪抓住我，剛掙脫，又和血淋淋的「屍首」撞個滿懷。逃回餐廳，驚魂甫定，發現後面跟著兩個「吸血殭屍」，男的大黑斗篷，滿臉塗青白粉，露出兩顆尖牙，嘴角有一抹鮮血；女的穿黑紗袍，灰臉黑眼眶；一進門，整個餐廳的目光集中在他們身上，大家注意的不是他們的裝扮（吸血殭屍的裝扮很

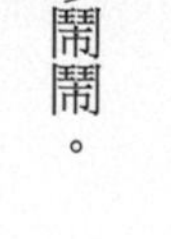

人是鬼，鬼是人，究竟是人可怕？還是鬼可怕？

常見），而是他們有一種罕見的魅力。

臉上畫貓鬚，拖著長貓尾的女侍應生指著男殭屍問我：「你知道那個『人』是誰嗎？」我搖搖頭回答：「我不想知道他是什麼『人』，這個年頭，也許殭屍比人可愛得多。」

中國的母花

小白屋旁開遍了金銀花，微風起處，濃香撲鼻，花香似白蘭，似茉莉，又似珠蘭，由於藤枝太密，花太多，我怕它擠壞，每早剪一捆插在瓶裡，滿室清香。

有人說，這就是「萱花」。

金銀花竟是「萱花」？真是太好了，金銀花是如此的清幽，黃白兩色又是如此的素潔，多麼適合好母親的形象！

每逢母親節，孩子總會買一束「康乃馨」送母親，我喜歡樹，不太喜歡花，對花卉缺乏研究，以為「康乃馨」既是洋名，必然是洋花，十幾年前，子楚兄給我看一冊古畫，原來我們中國也有「康乃馨」，名「石竹」，我不知道人們為什麼不稱「石竹」而稱「康乃馨」，大概母親節是洋人搞的節日，名稱也該從洋吧？

我很贊成母親節，至少一年中有一天會讓人想到自己的母親，送幾朵花也能給母親溫暖，又何必計較花的名稱？

最近，讀一篇談「萱草」的專題報告，而且附有照片，才知道中國的母花，不是「康乃馨」，也不是「金銀花」，而是「金針花」！

金針花莖粗，葉似菖蒲，只是較柔、較狹窄，花金黃或深紅，類似百合花。幼年最愛喝金針花煮肉片湯，怎的也想不到這就是咱們中國的母花！

查《詞源》，找花譜，才知道金針花就是「萱花」，原名「萱草」，古人指母親的居室為「萱堂」，詩有「白髮萱堂上」句。萱花是代表母親，古代文學中，常引用的「萱」古作「諼」，「諼草可以忘憂」，因此又名「忘憂草」。

金針可作菜肴，也是一種藥草，能鎮定情緒，也能忘憂，萱花比康乃馨更具意義，當孩子遭遇困難時，最能給予撫慰的，就是母親。

小白屋後園一角，有一圍植物，是前屋主栽種的，大堆長葉，從未見開花。我以為是野生雜草，今年二月，寒冬未過，清理花坑，趁它還未重展枝葉的時候，大

肆拔除，準備種辣椒，不料，這一輪摧毀，反而使它生機旺盛，春天一到，莖葉成長得奇快，而且更肥更綠，三、四月，花苞密集，相繼開放，湯碗大的金黃色花朵，層層疊疊，十分耀眼。

原來是萱花！咱們的母花！

果真象徵了母性的偉大！愈受摧殘，愈能顯示堅強的生命力，世界上的母親，在維護孩子時，都是如此。

面對一片金黃燦爛的萱花，我感到慚愧和深深的敬意。

‧‧‧‧好難下鋤

住進小白屋時，門前有棵杜鵑花，高約兩呎，春來，花朵密集，紅中帶紫，很美。

不知什麼時候，花中間長了根植物，可能是雜樹，我不懂園藝，只是將它齊土鋸掉，不讓它妨礙杜鵑的成長。不久，我去了外埠，回到家，那根雜樹竄了出來，挺直在杜鵑花中，枝葉橫生，氣勢凌厲，霸道之極。我趴在地上察看，才發現它的根莖已有酒杯那麼粗了。我想將它連根掘起，又恐傷及杜鵑，真不知該怎麼辦？

冬來天氣嚴寒，萬木凋零，近日還有大雪，這棵雜樹竟如松柏一般的青綠，沒有半點枯萎跡象，這種強勁的生命力，令人駭異。

突然想起白居易一首詩：

種蘭不種艾，蘭生艾亦生。根荄相交長，莖葉相附榮。
香莖與臭葉，日夜俱長大。鋤艾恐傷蘭，溉蘭恐滋艾。
蘭亦未能溉，艾亦未能除。沉吟意不決，問君合何如？

白居易的問題，也就是我的問題，他那蘭花與艾葉的困惑，也是我對杜鵑花和雜樹的困惑，既不能鋤，又不能聽之任之。我不知道艾是不是威脅到蘭的生命，但這棵雜樹，卻逐漸在窒息杜鵑的生機。

白居易認為艾葉是臭的，應該鋤艾留蘭，由於蘭艾的根莖交互生長，才有鋤艾又恐傷蘭的問題。

其實，艾葉並不臭，雖不及蘭花那樣清香，也別有一種香味，而且有辟除瘟疫的功能（中藥書上有記載）。我國民俗，端午在門窗上掛艾葉，黃梅時節，天氣潮濕，要常常燃燒艾葉，因為艾的氣味能防止蟲蟻滋生，迫走蛇蠍一類的毒物。其實，艾葉比今日的化學殺蟲劑要好多了，至少對人體沒有害處。

還有，艾葉可以治病，曬乾，揉成艾絨，針灸是必須用艾絨的。

「白居易先生！我也有類似的煩惱呢！」

如果蘭艾之中，要我選擇，我會去蘭保艾，蘭花雖有清香，究竟是生活上可有可無的點綴品，對人沒有什麼效用。我相信，白居易寫這首詩，其中含意，並非蘭艾難以並存這麼簡單，而是隱喻世間有些事和蘭艾同樣的不容易處理。

蘭與艾、杜鵑與雜樹的問題多得很，有人主張不如一齊鋤掉，以免煩惱。可以這樣嗎？又是問題。

機器與我

人說現代人要現代化，我獨討厭現代，更討厭現代科技產物，說起來實在可笑，但我生性頑固守舊，很難改變。

我討厭微波爐，這原是專為太空人在太空艙熱食而設的。商人頭腦靈活，大量製造，向地面推銷，成為家用電器。這個年頭，事事講求快速，因而微波爐受到普遍歡迎，我相信只有「急性鬼」才會喜歡。我嫌它太快，冷食剛放進去，一轉身就叫了，當然，我可以不理睬，但幾聲怪叫，往往令我心煩意亂。

吃是享受，卻少不了幾分安閒。在土灶上架個鐵鍋，丟幾根木柴，然後，回房看書爬格子。火熄了，糙米飯、熱饅頭，香味四溢。如想喝杯好茶，有個小紅泥爐就更夠情趣了，看著瓦壺嘴逐漸升騰水霧，接著輕吟低唱的提醒你：水滾了！於是，慢慢斟、淺淺飲，真是樂在其中。

我討厭電門鈴，尤其是唱歌的門鈴，訪客一伸手它就唱起來。那年，忘了調整，有前輩到訪，它大唱：「你是個糟老頭！」來客笑道：「噢！進門就挨罵。」今夏，驕陽似火，它唱的是：「白雪皚皚鋪大地」，使人啼笑皆非。想換個普通門鈴，楞小子一再拖延，不肯動手，因為他喜歡那些「歪歌」。

在咱們農村，柴門半掩，只需一聲輕喚，主人便出來迎接了，多簡單，多親切！

我討厭洗碗機，它並非全能，先要除去碗裡的剩菜、茶渣，才能交給它沖洗，間或也會留下洗潔精的氣味，真擔心這種化學物會不會影響健康。

我寧願用手操作，既乾淨又安全。

我討厭洗衣機，轉得那麼起勁，並不能把衣服上的汙垢徹底轉掉，有時必須用一種特製的化學劑，先噴浸髒處，才能收到「乾淨、乾淨、又乾淨」的效果。

我真想去溪澗或河邊洗衣，看白雲，聽鳥語，人與大自然合而為一，不只能洗淨衣服上的汙齪，連同心中的汙齪也洗淨了。

我討厭吸塵器，輕巧的，效力低；強勁的，聲震屋瓦，老伴講話，一句也聽不到。

為什麼不用掃帚呢？一邊運動，一邊聊天，輕快得很。再說，我也不喜歡地毯，軟綿綿的讓人有萎靡感，你會挺腰直背在地毯上跨步嗎？木地板、泥土地有什麼不好？只要清潔就行了。

我討厭剪草機，非自動的，太費力；自動的，要跟著它跑，推平後園五千呎草坪，累得氣如牛喘。咱們農村，任由草長，無人抗議（在美國，你家園地草太長，鄰居會上門提醒的），樂了牛羊。要什麼勞什子剪草機？

我討厭乾衣機，衣服烘乾，有些布料皺得像海蜇皮。濕衣晾竹竿，讓日曬風吹，乾了，大都是平平的，不必用熨斗。提起熨斗我更咬牙切齒，它常在我手臂上留下條條疤痕。

我討厭電傳機，那些在辦公室無所事事的傢伙，時常傳來大堆廢話：「週末陪你去巴爾的摩吃蟹王腳、烤龍蝦，怎樣？」「聽說華府來了個好中醫，我帶你去搭搭脈，服兩劑中藥，補補身子，好不？」

諸如此類，好不煩人，我吃海鮮就肚痾，再說，身體並沒有虛弱到要進補的程度。如不答覆，似太不近人情，有了電傳機就得忍受這類好心的打擾。

我討厭電腦，楞小子強迫我學用，說什麼電腦寫稿，修改容易，且可留底。我盡可能逃避，因為我有「科技恐懼症」，寧肯伏在桌上，一個格子、一個格子慢慢爬。

我討厭電話，當然，也有令我開心的時候，如海那邊「人家的孩子」的問候，女兒的「週末彙報」，和隔州老友飯後閒聊等等。最怕是應酬式的邀約和陌生人的到訪通知。最可惡的是人口調查、拉選票和推銷商品。

沒有電話，也不怎麼難過日子，寫信好了，看信是一種享受，能帶來更多回味。若是商業廣告，也不必心煩，隨手一丟，字紙簍就在身邊。

我討厭電視機，老伴懷舊，每晚看京劇，我看偵探片催眠，如果那晚「癩痢頭兒子」不能來陪老爸老媽聊天，那麼，兩個老傢伙，一個在廳裡會金少山、麒麟童；一個在房裡聽福爾摩斯和華生討論案情，直到倦了各自去見周公。

我認為沒有電視機，生活不見得會枯燥，老伴不妨幻想自己是金少山、是麒麟童，荒腔走板，挺肚抖睡袍，自唱、自做、自欣賞，更能過足戲癮。我若聽到一

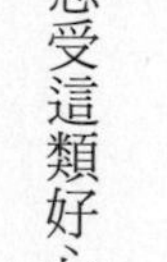

句半句哼腔卻有些像那麼一回事，也會叫一聲「好！」捧捧場。再或由我講「福爾摩斯探案」，唸到緊張處，兩人作一番推測，較量一下「ＩＱ」，豈不更有情趣？

我討厭自動梯，稍一不慎，便會摔個倒栽蔥，輕則嘴臉浮腫，變成豬八戒，重則上石膏做鐵拐李。還討厭電梯，誰也無法保證它不鬧彆扭，那種被吊在半空中的滋味，實在不好受。

幸而美國住家多平房，公寓才用電梯，大商場更有非常寬闊而舒適的樓梯，只要不偷懶，腿有勁，不妨慢慢走，作為一種健身運動。

我討厭汽車，冬天要換雪胎，否則，駛到半途，一股勁打轉，那時，就得祈求老天保佑了。夏天忘記加雪種，踏上車，等於進了烤爐，到達目的地，成了「半熟烤蝦」。還得經常給它沖涼、抹油，偶爾聽到它哼一聲，立即要送去作「健康檢查」，比侍候老奶奶還辛苦。

我主張單車代步，不僅能減少空氣汙染，即使發生車禍，只是摔傷點皮肉而已，絕不會有生命危險。再或安步當車，更可以強身。

楞小子說我頭腦太落伍，跟不上時代，而且患了嚴重的「科技恐懼症」。說真話，我總覺得機器逐漸控制了人類，人類也甘心情願接受控制，更不斷製造新的機器，人類愈加依賴機器了。有洋科學蛋頭，寫了本預言說：將來統治世界、奴役人類的，是一座無人操作的電腦，多可怕！

我最無法接受的是所謂電子書，如果是科技書或數字統計類的書，倒也罷了，若用來談文學、哲學或詩詞，就有些彆扭。

讀書是莫大的享受，印刷精美的封面設計和插圖，已夠惹人喜愛了，擺著不讀時，也能賞心悅目。捧一本好書，在微風輕拂的南窗下，或斜倚高枕，靜靜的讀，讀到絕妙詞句，拿起紅筆圈圈點點，隨手寫幾句眉批，真是樂在其中。再說，書香是最令人陶醉的香味，我敢說：沒有書本的生活，不是生活，要是電子書替代了書籍，那麼圖書館、藏書室都變成了機件倉庫！

……老奶奶學電腦

我是科技白痴，在這電腦時代，成了老山洞裡的野人，對現代生活，適應得好辛苦。

就說越洋發稿，傳真機時常「黐線」（廣東話，意即發神經），十傳九不達，可能是傳真機將入「古董倉」的預兆吧！

楞小子們又建議我用電腦發稿。那年，「倉頡」誕生時，我曾應邀去看它，它以「孫淡寧帶來歡樂與愛」一行中文字歡迎我，我對它仍不感興趣。

電腦的初期，訪加州，參觀楞小子的電腦公司。聽他講解電腦，及未來的發展。當晚，「癲痫頭兒子」給我看一部科學幻想影片，是敘述人類被一種可怕的暴力統治，受盡折磨、殘害，人人生活在痛苦恐懼中，但誰也沒有見過統治者。經幾名年輕人冒死探究，發現這統治者竟是一台很舊、很舊的電腦，它吸收了人類輸入的智慧，綜合、分析、提煉，於是，擁有無所不能的能量。我這個莊稼婆不禁產生莫名的恐懼，有了「鄉婆之憂」，稱電腦為「活的死物」。

郵政太慢，發稿成問題。不再爬格子吧，又恐腦袋生銹，「痴呆症」趁機而入。正苦惱時，又有人送來一台新電腦，輕而巧，模樣不太討厭，只是，老傢伙再要跟「活的死物」打交道，簡直是虐待。

楞丫頭說：「除掉你的心理障礙吧！電腦嘛，猴子都會用的，哈哈！」（The monkey can do it. 洋人的口頭語。）

兩歲半的乾孫女，聽到我發牢騷，安慰我道：「奶奶！別怕！我教你好了。」（她會上網看卡通，聽兒歌。）

我豈能輸給猴子？就讓這兩歲半的娃娃來教八十幾歲的奶奶吧！

楞小子們聽說我要學電腦，大為興奮，爭著擔任教師。我選了五名「電腦專家」（都自稱「專家」，不包括兩歲半的娃娃在內）輪流教授，他們教得很認真，我

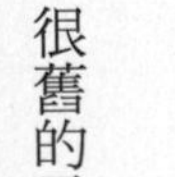

八十幾歲的老奶奶，通宵苦戰電腦。

學得更認真。十多天，我可以掃描傳稿了。從此脫離了傳真機的折磨。

不過，初學電腦，常會遭遇阻礙，必須教師指點。因每次阻礙不同，各教師的指點也不同，仍有或大或小的問題。大問題，必須教師開車來解決。小問題，撥個電話就行了。我常常自責「大腦不靈活了！老了！」

自責是消極，是服輸，我是不信邪的老傢伙，既不消極，更不服輸。於是，選了一天，吃飽晚飯，沏了壺茶，拿出一盒濃縮咖啡糖，一瓶J&B酒，準備「夜戰」。我有座鬧鐘，是一呎高的野戰兵，穿迷彩軍服，手持步槍，到了預定時間，便吹起衝鋒號，大響戰鼓，頗具威力。我在鼓號聲中，坐到電腦桌前，開始發動「戰鬥」。

我的戰略是，將五名老師所教的方法，輪流試用，去繁存簡，終於找到一個比較簡單的方式。於是，勝利收兵。咱們鄉間有句話：「五個道士畫符，每張不同。」五名教師教電腦，怎會相同？

雖然，我已經能操作電腦了，只是，無法消除我的「鄉婆之憂」。

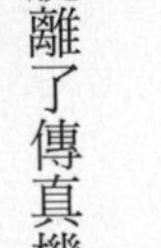

茶館，甜圈圈餅店……

在中國茶館飲茶，一盅兩件，很夠享受。只是太吵鬧，同桌人談話，必要大開嗓門，因而你高聲，我高聲，人人成了大聲公、大聲婆。我曾問洋小子：「你對中國茶館印象怎樣？」他說：「就像童話中小人，跌進蜜蜂窩。」他的意思是：有太多香甜的蜂蜜，只是嗡嗡聲太吵鬧。這回答頗有趣。

我最愛廣東點心，又討厭那震耳欲聾的吵鬧。兩、三年來聽覺隨年歲老去，「癩痢頭兒子」找了位專家教授，在我耳朵裡裝了顆花生米大的小電腦，說是「助聽器」。頗有助聽的效能，取掉它，能降低音響干擾。我想，去中國茶館飲茶，可以把小電腦放進衣裝，那麼耳根就清靜多了。

但是，馬利蘭州缺乏及格茶館，我只好坐咖啡店了。

「多納士」（Donuts）是連鎖性的餅店，也是咖啡店，專售各種甜餅，所製的甜圈圈餅最受歡迎，人們索性稱之為「甜圈圈餅店」。

「甜圈圈餅店」遍佈各州，每間都是小鋪子，三或五張小餐桌，僅有兩、三個高腳凳的高櫃檯，即使滿座，也不過十來人。

該店除了賣餅，還提供熱的咖啡，有相當高水準。只有一、兩個店員招待顧客，收銀、清潔、兼外賣，動作慢吞吞的，卻有條不紊，毫不馬虎。

晨間，很多人來這裡喝咖啡，一份報紙，一個甜餅，一杯咖啡，享受半個鐘頭的寧靜，然後再展開勞碌的一天。週末或假日下午茶的時間，會逗留得久些，和鄰桌人聊天，從「龜兒」（美國副總統 Quayle）有沒有機會成為白宮正當家到新的家用產品；從球賽到美國經濟，誰也不介意拉雜的話題。如果心情很壞，不妨把總統、國會議員連同超級市場銀櫃黑妞、電視新聞主播大罵一通，不管是否罵得有理，都能博得同情、安慰。

來「甜圈圈餅店」的多是熟客，偶然發現陌生人，一句「今天天氣」，便成了朋友。

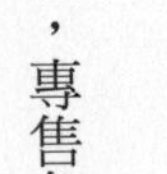

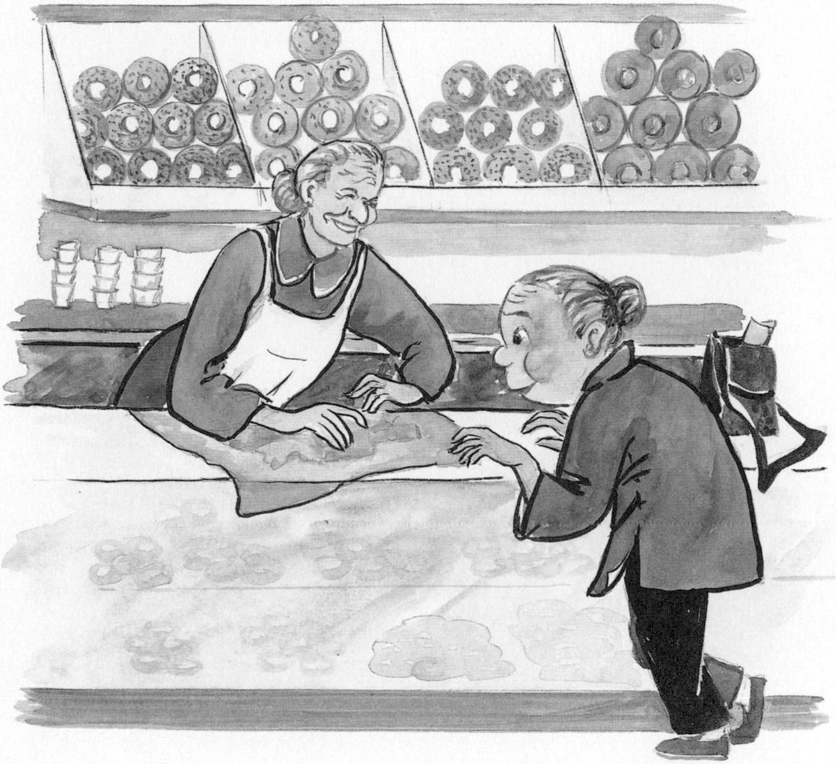

中國鄉下婆聽講洋故事。

大學山附近有間「甜圈圈餅店」，在郵局旁邊，每當我去買郵票或寄掛號信件，便進店歇息一會。主理該店的是一位老婦人，銀絲般的髮髻，衣著有極濃的歐陸色彩，溫柔親切，愛跟顧客講美國郵政故事，提到一些我不知道的古老地區，她便拿出一冊附有地圖的美國郵政史，仔細指給我看，語言清晰、幽默，在座顧客撫杯靜聽，就像聽老師講課。

老婦人名瑪麗，大家稱她「瑪麗媽媽」，七十八歲了，是歐洲移民，曾經是歷史教員，後來轉任郵局主管，退休後主持這間甜餅店，直到今天。

楞小子阿山愛上了「甜圈圈」，是該店的忠實顧客。他說：「跨進餅店，就像回了家，一杯咖啡、一個甜圈圈餅、一本書，可以舒適的坐半天，誰也不會打擾你。這種溫暖、親切的氣氛是無法描繪的，去『甜圈圈餅店』是休閒、是解除寂寞，不止能鬆懈緊張情緒，更可以享受難得的和諧，令人貪戀。」

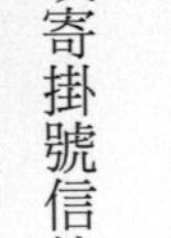

三K黨

幼年喜歡看電影，總是選擇帶點兒神怪驚奇的影片，西片如《鐘樓駝俠》，國片如《夜半歌聲》等等，印象最深刻的是《骷髏黨》。

有次去「生活書店」，鄒韜奮先生正在和店員聊天，顯得罕見的清閒。看到我非常高興，問我近來讀什麼書和雜誌，是否有問題需要他講解。還要我隨意檢書，不必付錢。我好貪心，選了一大堆書。他吩咐店員包紮，送去我家裡。然後帶我到編務室，回答我一連串的問題之後，談到電影，我告訴他不久前看過《骷髏黨》，他沉默半晌，吐了句：「這是另一種虛無主義。」

我自小對不懂的事情，必緊緊追問，於是要求他解釋什麼是「虛無主義」？

至今仍清楚記得，當時，韜奮先生坐在藤椅上，旁邊有張踏腳的矮凳，他示意我坐下，開始講《骷髏黨》。他看過這部電影，將「骷髏黨人」比作「虛無主義者」，耐心的說著，就像用錘銼鑿著我這個石蛋般的小腦袋，他鑿得很認真，結果一竅也沒有鑿通。

回到家再問母親，她說我還不夠程度了解鄒先生的話。後來才知道《骷髏黨》電影是影射「虛無主義」。

還沒搞懂「虛無主義」，又來了另一個新名詞「三K黨」。「三K黨」畢竟不是虛無飄渺的思想，母親用講故事的方式來講美國南北戰爭和「三K黨」的起源。這是小腦袋容易接受的，我聽得津津有味。近幾年來，美國黑人犯罪率高，我對他們採取寬恕態度，這種心態，相信與母親的故事有關。

現在已不是談「虛無主義」的年齡，更不是從「三K黨」電影或小說中找尋刺激的年齡，這一切早已在腦子裡消褪了。

不料幾十年後的今天，居然親眼看到真正的「三K黨」，而且是在白天的鬧市裡。

那天是美國「中國文化公司」推介新出版的《狂濤》，要我親自去展介會給讀者

簽名，路經華盛頓國會山莊，只見警車和巡邏摩托車，一輛接一輛，近千防暴警察密佈街頭，如臨大敵。驀然想起，晨間電視新聞報導，「三K黨」發動示威遊行。大約三十多「三K黨」人，高聳白尖帽，面罩露出碧綠或灰褐色眼睛，射著逼人的傲慢，寬闊白袍曳地，挺胸跨步。其中有個中年女性，穿豔紅大袍，豔紅尖帽壓著金髮，面罩掀開，神情冷峻。遊行隊伍佔了大部分車道，往來汽車被逼在一條窄線上，蝸牛般的行駛。

道旁黑人群眾憤怒鼓噪，衝撞。警察忙著阻攔，追捕，拖走。朋友發現有黑人腰間藏槍，勸我離開。

這晚，我失眠了，因為想得太多。美國政府耗費這麼多錢，動用這麼多警察，保護少數人「表達思想的自由」（電臺新聞主播的話），我這個中國人，心情怎能平靜？

吉甫戀

年來，美國流行吉甫車，其中有一種和二次大戰軍用吉甫一模一樣，只是防雨篷和窗門考究多了，閃亮的綠，閃亮的灰，在巨輪推動下，昂然輾進的雄姿，令我目眩神馳。

我很想擁有一輛這樣的吉甫，老伴認為兩個老傢伙要兩部車，太浪費。

去年，美國陸軍部換新車，拍賣大批舊吉甫，不破不爛，性能好，每輛五角美元，相等於半條麵包的價錢。（因數量多，無處安置，但求有人搬走，公物是不能贈送的，便標價五角出售。）這些吉甫全是手排檔的，我老了，駕駛技術差勁，怎敢開噸重軍車上鬧市？眼睜睜的看著別人一輛輛的開走，心裡滿不是滋味。

現在流行的是非軍用吉甫，有音響、空調設備、也可以卸除篷蓋、門窗，而且是自動排檔，當然遠不及軍用吉甫有勁力，既不拖大炮、坦克，又何必要那麼大的勁力？

楞小子群對我想買新吉甫這件事意見多多，說這種車是年輕人專用的，老傢伙只能用四平八穩的林肯或別克，不宜開吉甫。

我大喝道：「廢話！當初癩痢頭給我現在用的這輛車，你們說太新潮，不適合老傢伙，我開了好幾年，從沒有人用詫異的眼光看我！」

「這究竟是轎車型的跑車，人家不會注意車裡的駕駛人。」

「好哇！你們歧視老傢伙，比白人歧視黑人更厲害，這不對，那不行，人老了，該縮著脖子做人嗎？」我拍桌子了。

「我們怎敢！只是提點小小的建議啊！」

「是嗎？爬山、滑雪、騎馬，容易摔傷；喝酒、吃紅燒蹄膀，會升高血壓、增加膽固醇；在太陽烤得滾燙的海灘上，在寒冷刺骨的雪地裡「發瘋」，更有損健康，這些都是老傢伙適宜做的事嗎？為什麼不提點小小的建議來勸阻我？更要找我跟你們一起瘋？現在竟阻止我開吉甫車，簡直自私透頂！」

我動了真火，楞小子們一聲「大勢不好！」拔腿就跑，留下我在後園裡發呆。

我愛吉甫，它能使我找尋失去的記憶。

想當年，第一次接觸吉甫，是在冷水灘，輜重兵團景少校教我駕駛，左彎右拐，不知怎的，闖向一棵瓦缽粗大樹，我驚惶失措，忘了煞車，吉甫越過一片荊棘叢，衝下山坡，陷進稻田，田窪水深，泥漿飛濺，我滿身滿臉是泥，狼狽極了。

輜重兵團開拔，撥了一輛吉甫給「湘戰」，我們用來載運傷兵、糧食，節省了不少人力，後來，部隊要深入山區，崇山峻嶺，峭壁懸崖，無法使用吉甫，將它留給當地守軍了。

又是「想當年」，人啊！能有值得一想的當年，這一生也不會貧乏。

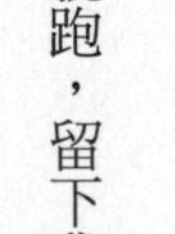

‧食家‧

舊時，在香港，家用電器失靈、水管堵塞等等，從不心煩，隨處有梯間修理店服務；我不知道能不能稱「店」，香港舊樓，樓梯轉角下，僅容納一張凳，一個小木櫃，和只夠一人迴旋的空間。牆頭板架上放著電鋸、電鉎、電線和零件。店主只能站在街邊和顧客談生意。如要知道某種電器的性能，或電視故障，他們是最值得信賴的諮詢人。

因為收費少，每逢農曆新年，梯間堆滿了年糕、煎堆、柑橘、糖果之類禮物，都是街坊人家感謝一年來的幫助。

賈孝通書中，農業社會的和諧，不必去農村找尋，我住香港北角時，已經有過很深的體會。

今日的香港，已非舊時的香港，高樓大廈林立，沒有了梯間修理水電小店。街坊鄰居，近在咫尺，老死不相往來，這就是現代，這就是進步，這就是潮流，也就是「土根人」的無奈。

來美國，使用電器的種類更多了，必要學會「十八般武藝」：修補用具，安裝電掣、通水管，了解冷熱氣的運作情況。一旦有毛病，也不會傻瞪眼，任由美國藍領大佬掏荷包。

於是，買了冊《生活指導》，如果依照書的指導，第一課就要爬屋頂、鑽地窖，將整棟小白屋「體檢」一番。但是，老伴大吼：「這麼一把子年紀，拿自己的老骨頭來瘋。」

不久，老伴要在後園安置雜物房，不想再找洋人，從中國報廣告欄上，找建築公司，來了個中國年輕人，名阿雄，接受了這項工程，報價合理，工作也認真，由於年紀和學生相若，更流露中國農村孩子的忠厚、純樸，我們很喜歡他。此後，我不再學「十八般武藝」了。小白屋加設室外照明燈、噴水器、裝新電掣等，阿雄會自動代我們處理，小事還不肯收費。他是潮州人，愛喝茶，尤其是臺灣茶。

每年臺灣新茶比賽，必有人送我得獎的茶葉，我會給他兩罐，看他笑得像小孩子，很有趣。

阿雄不是美食家，卻肯定是「饞嘴貓」，研究烹調，有獨特的心得，每聽他談各飯店的主菜，使我想起梅爾的法國藍領朋友，都講究美食。如水電師傅尼古西，喜歡告訴人家，吃松露應該喝什麼酒；泥水匠雷蒙，品評上榜的餐廳，一如飲食評論家，很有見解。每年休假時，必去「米其林」三星級以上的餐廳，品嘗他喜歡的名菜，上百歐元一餐，也不在乎，在法國是正常而又應該的享受。阿雄從不評論洋餐，他認為全球最有魅力的美食是中國菜和法國菜，窮半生時日，也未必能嘗盡中國烹調，哪有時間研究法國菜？

跑碼頭・・・

旅遊是我掙脫生活捆綁、鬆散筋骨的方法。不必操作家務，不必接待訪客，也不必為園裡的草木擔憂，自有人代勞整理。至於鳥餐廳，我只能暫時「停止營業」，大學山林有樹果，湖邊有泥蟲，覓食容易，老是依賴我，也不是辦法啊！唯一掛心的是地窖的蛇將軍，這種山蛇不知道是否有冬眠的習慣。我離家時，用扒楓葉的竹帚，送下去五盒雞蛋，希望牠留著度過冰雪嚴寒的冬天。

一切安排妥當，背著包袱，挽著老伴，把「癲痢頭兒子」一連串「別瘋啊！」的叮囑，丟在巴爾的摩機場，甩甩手，走進機艙，真有一種獲得解放的舒暢。

老伴喜歡回香港，整日裡和老友相聚，摸「中發白」，談「大氣候」、「小氣候」，這是他們幾十年不變的娛樂。老友們原想掏空老伴荷包裡的綠貨幣（美元），往往反輸一疊疊紅鈔票（港幣）。但這些港幣並沒有進老伴的口袋，全給鋪了馬場

「香港！我們會經常回來的──」

的草皮。當老伴陶醉在八隻手（打麻將）、四隻腳（跑馬）的時候，我悄悄的跑碼頭去了。

我慣用「跑碼頭」這個名詞來代替「旅遊」。將電話簿、護照和國際駕駛執照、信用卡、成疊稿紙、兩枝原子筆，還有些現鈔零錢、兩套換洗衣、毛巾、牙刷、藥物等等，統統塞進小手提箱，腳蹬十幾年前在西德買的「步行鞋」，肩搭十幾年的舊雨衣，裝備完整便上路了。捨近求遠，或捨遠就近的亂闖。

在歐洲，我也會選擇侍者如御林軍、餐具閃亮耀眼的古建築酒店，吃一頓晚餐。只是餐費貴得驚人，可能是把欣賞顧客的華服和珠寶鑽石，以及飄浮在空氣中，幾滴足夠窮人飽食一頓的香水味，一併列入了帳單。

有些旅客常以身上裝備不足，怕人嫌寒酸，不敢走進這類酒店。以我個人經驗，在歐洲各地，我這個東方老傢伙，穿一套香港地攤上買來的衣褲，短髮過耳，把貼滿航機和旅店標誌的手提箱朝餐桌邊一放，便坐下來挑選餐牌上看得懂、或猜得到的酒菜。周圍的洋紳士、洋淑女，也會朝我瞧瞧，眼中並不含蔑視，也許他們知道我是江湖客，也許我的傲態能迫走一般世俗觀感。總之，歐陸是最能讓我任意闖蕩的地方。

……八十歲的恐怖分子

美國紐約「九一一」事件，造成的恐怖效應，一波一波的擴散，恐懼慌亂，困擾了整個世界。也許美國人少有恐懼經驗，事情發生後，人人陷入極端緊張狀態，保安人員疑神疑鬼，大失常態。在這失常態的判別下，我成了嫌疑恐怖分子。

我身心兩病，修養了一年，雖然硬朗些，只因老了，到機場需要坐輪椅，坐輪椅不必走那麼長的機場甬道，不必排隊等候進關，一切手續，都由推輪椅的服務員代勞，再說，航空協會規定，傷殘固然要坐輪椅，老人體力差，也可以坐輪椅，我這個年逾八十的老傢伙，絕對有資格享受這項服務。

但是，在「神經兮兮」的航檢人員心目中，坐輪椅並不代表老弱，也不能消除職業疑慮，我曾有過這樣的遭遇。

老伴走了，我東返，身心萎頓，接近崩潰邊緣，過洛杉磯，航警示意手捧骨灰盒的阿女隨隊進關，卻命推輪椅的服務員將我推到另一邊，首先是脫鞋、起立，用雷達棒將我從頭到腳作周身掃描，搜索我的手提袋，仔細察看我的駕駛執照、信用卡，以及地址簿裡夾著的市區地圖，拆開筆型鋼管小電筒，確定不是攻擊性武器才罷手。

這是「九一一」事件帶來的後遺症。沒有什麼可埋怨的，只是不查手捧布裹硬匣的中年阿女，卻攔檢老年的我，不知是哪一門子法規？

可能是站得太久，可能是煩悶，我晃了一下，旁邊有名年輕警官，急忙扶我坐進輪椅，代我取回護照，看了看，笑著對旁邊的警員說：「你見過八十歲的恐怖分子嗎？」

「警官先生！我是恐怖分子嗎？」

你是活的嗎？

法國人講話，頗像咱們蘇州的吳儂軟語，很悅耳，確實是溫柔、浪漫的語言。我覺得，舊時外交講法語的年代，國際間從沒紅臉、粗脖子、脫皮鞋敲會議桌的事件，應歸功於法語（舊時外交人員講法語）。

我少時曾讀法文，現在嘛！全丟了。此次在法國，「人家的女兒」在駕車出遊的同時，給我惡補法文，最傷腦筋的是彆扭的文法，例如：海是陰性的，湖是陽性的，椅子是陰性的，桌子是陽性的等等。（老天，如記錯了，請原諒！現在我還沒有老年痴呆症，再唸下去，一定會痴呆。）

談到語言，我在法國機場有這麼個奇遇！「九一一」事件之後，可能是「防恐」形勢加緊，海關不得不增加航檢新手，其中有一位講法式英語的警官，恰巧碰上我這個中國莊稼婆。他所提的問題，如「從哪裡來？」「幹什麼的？」，諸如此類。倒也沒什麼，最後問：“Are you a alive?”（你是活的嗎？）

我大惑不解，我不是活生生的站在這裡講話嗎？於是回答：“Of Course!”（當然囉！）

他見我神情有異，比手劃腳的反覆解釋，我才知道他要問的是：“Do you have a knife?”頓時，等候進關的旅客行列，轟起一陣笑聲。

在巴黎咖啡屋

十月，巴黎人度假回來，懶洋洋的，我這個正在度假的外來客，也懶洋洋的。

坐在香榭麗舍大道路邊咖啡屋，遙望修建中的凱旋門。二次大戰結束，戴高樂翹著大鼻子步入凱旋門，接受民眾歡呼，鼻尖紅紅的，因為擦得太多了。畢卡索在凱旋門下跑來跑去，熱烈擁抱盟軍，大喊：「我愛和平！」不久，那幾筆勾畫的、舉世熟悉的和平鴿，便飛向世界每一角落。

這些是很久很久以前的故事，是真是假，無從求證，我寧願相信是真實的，因為它涉及一頁歷史。

咖啡屋前，露天咖啡座坐滿了人，我和阿女的枱座邊還有張椅子。來了個棕髮小伙子，很禮貌問：「我可以坐在這裡嗎？」他講的是英文。

「我是中國農家人，不喜歡帶血的肉類——」

我挪開搭在椅上的大衣。

「謝謝！我很累，很渴，只是想喝杯咖啡。」他說。

阿女給我要了客牛扒，我用刀叉撥了撥，肉上有血，我搖搖頭。

棕髮小伙子又講話了：「這家店的牛排是著名的，你應該好好享受。」

「我是中國人，不習慣沒有燒熟的肉類。」

他嘆了口氣。

「你喜歡？」我問。

「當然，只是太貴了。」

「如果你不介意，享受它吧！」我把盤子推在他面前。

「我可以付一半錢。」他伸手掏衣袋。

我做了個制止的手勢。他不再堅持，一邊吃一邊說：「我是艾納斯，法國南部人，巴黎大學學生，假期在叔父的皮革店幫工——噢！你們是來度假的？」

我點點頭。

「你覺得塞納河怎樣？」

這是問外來人的應酬話，我不喜歡。「最好忘記那些過分讚美的文字，你會覺得塞納河有些兒嫵媚。」

「去過聖母院嗎？」

「那是肅穆沉思的地方。」我說：「燃蠟燭的很多是年輕人。」

「他們在懺悔。」他認真的說。

「在那裡，誰都會有懺悔的意念——我很想聽聽鐘聲，但聖母院的鐘聲絕不會為我而敲。」

「你不必去聖母院聽鐘聲，每個人心中都有一口鐘，當你心靈寂靜的時刻，它會敲響的。」他吃完了，站起身告辭。

阿女示意他坐下，對侍者說：「再來三杯咖啡！」

他望著我，怯怯的問：「你喜歡巴黎的咖啡屋嗎？」

提起咖啡屋，我有興趣了：「當然，我最愛坐咖啡店，每到一個地方，我都會找咖啡店的。在我印象中，英國的咖啡店沉悶，德國咖啡店有點嚴肅，美國的咖啡店除了專買咖啡的咖啡店，好像是吃飽就走的小食店。我最喜歡法國的咖啡店，因為那些成名的詩人、作家、藝術家和音樂家的故事，增添了咖啡店的魅力。」

我這外國的老傢伙誇獎了法國的咖啡店，他顯得很高興，於是講了很多咖啡店的小故事。斜陽移下凱旋門，他要回去了，臨別時，在我老臉上親了親。

我和阿女步行去不遠的餐室吃晚飯。途中，我說：「明天去巴黎著名的『弗洛克』咖啡店坐坐吧！」她笑笑。

「弗洛克」咖啡店，舉世聞名的作家沙特，每天在這間咖啡店裡寫作，離開時，總會在桌上留下很多作廢的手稿，後來「弗洛克」的老闆說：「他留下的廢稿都被侍者扔掉了，如果早知道，收藏起來，可是一筆財富哪！」惹內去找沙特，也是在這間咖啡店，告訴沙特，他是在收養所長大的，四處流浪，也曾偷竊過，沒有認真讀過書，卻熱愛寫作，沙特看完他的文稿，交出版社印行，出版社要求他寫序文，豈知，沙特寫了一千多頁，只好另行出版，書名《聖人惹內》。

酒的召喚

「癩痢頭兒子」牽著我，把我送到機場內閘口，說：「姆媽！如果在法國玩膩了，要去西班牙，必須肯定自己的體力，千萬別逞強！」

我八十幾歲了，只要頭腦還能夠有效運用，兩腿還能走，我是很難說服自己改變「獨闖江湖」的興趣。兩個多月前，往溫哥華、舊金山、洛杉磯兜了一圈回來，又想去法國南部普羅旺斯走走，此時，應該是採摘葡萄的季節吧？更何況「請來嘗嘗我們的美酒！」這一充滿熱情誠摯的召喚，誰能抗拒？

我又上路了。此行，或多或少有些兒孤寂、蒼涼況味。

阿華來接機，已萬家燈火了。舒適的歐洲車，熟練的駕駛，減低了我的困倦。經過市區，我坐直了身子，鼻子頂著車窗，觀看巴黎。一條不很寬闊的街道，成群穿餐館制服的服務員，在一名戴高白帽的廚師領導下，高喊口號，由擴聲器播出來，仍保持法語的抑揚頓挫，帶點兒柔，缺乏應有的抗議和示威的勁道。在我聽來，就像是唱歌，我認為，他們應該先去凱旋門，從雕刻上吸取些抗爭的氣勢，效果可能會好得多。

經過地價昂貴的第八區，秋陽中的老舊建築物，蒙了層缺乏生氣的頹廢。

巴黎老了呢！

此行要去南法，是去找一名「名利場的逃兵」，必須先落腳巴黎，我無意再把時間耗在凡爾賽宮、龐比度廣場，雖然鐵塔多了割切夜空的探射燈，香榭麗舍道披上了燦爛如繁星的新燈飾，我也少有興趣。卸下行裝，直奔聖母院，燃燭默禱，鬆解心中苦結。然後，去塞納河畔舊書畫攤，尋覓我喜歡的畫片。

聖女貞德已移駕市區，十字路中的巨型雕像手持戰旗，跨馬騰躍，在日光下，金光炫目，看來是新塑的。那懾人氣勢，沒有戰鬥的肅殺，而是一種說不出的美，似與浪漫有一絲牽連。法國民族的血液裡，流著與生俱來的浪漫，即便是鐵馬干戈的戰鬥，也含有淒美、豪情的浪漫。

突然記起，陸女（陸離）講過這麼幾句話，大意是：為理想，投身戰鬥，當然是極高的情操，是不是其中還有一份難以抗拒的浪漫？這是我從未聽說過的問題，值得深思的問題。

提到浪漫，就令人想起巴黎，談巴黎，也可能想到浪漫。所謂「浪漫」，大都是個人的感受，未必盡同。而巴黎的浪漫在月光下的塞納河、在風中的梧桐樹、在露天咖啡座旁的琴聲。

珍妮曾經對我說：「你來巴黎，應該留意黃昏時，道旁樹下漫步的老年夫妻，手牽手、攙扶得那麼緊，默默的走著，偶然相對一笑，或彼此凝視皺紋縱橫的臉，你會發現世間竟有如此美的浪漫！」

「這裡，怎麼不見有老夫少婦呢？」不知是誰問。珍妮嘴角微微朝下彎：「別忘了，法國是有文化的。」我不解，也無以為應。

海明威筆下「失落的一代」，是經戰火熬煉之後，撿回了生命，卻失去了信仰，只剩下空虛的現實，殘缺的愛情。這情景、這感受，只有巴黎才能孕育得出來。再說，「失落的一代」這一句話，有些人用來標榜自我超越和浪漫。但是，不了解生與死的價值，沒有經過跨越生死的悲苦，奢談「失落」，未免滑稽。

此行，巴黎給我的印象很碎，我的感想也很碎。

戴高樂機場，里昂車站，在我看來，都是那麼灰濛濛的，挺立道旁象徵法國的梧桐樹，秋寒未至，已黃葉累累。

大街小巷的門牆，塗鴉處處，有文字拼成的圖案，有速寫的組合，雖然只是幾筆勾畫，竟也散發著濃濃的藝術氣息。咖啡座的年輕侍者，操著勉強成句的英語說：「在法國，你隨手拋顆核桃，就會打中一個藝術家。」那神情，充分顯示了法國人的驕傲。人說法國人的驕傲惹厭，我反而欣賞能保持驕傲的民族，至少有足以驕傲之處。

法國婦女都很苗條，個兒不高，纖腰長腿，風采迷人，忙壞了我的老眼（幾次來巴黎，竟然忽略了法國美女）。

那天黃昏，在香榭麗舍道漫步，見到一位少婦，素臉白衣裙，好美啊！就像雕塑的希臘女神，抱隻小哈巴狗。我呆呆的盯著她，她以為我在看她的狗，含笑走過來，把狗捧到我面前，讓牠那濕漉漉的狗鼻子在我臉上親了一下，我還得依法國人的規矩講句「霉洗」（法語「謝謝」），真是倒「霉」，趕緊回家「洗」臉！

……名利場的逃兵

到達普羅旺斯，去火車站旁邊租車處取車，車行職工駛來一輛小麵包車，車牌是「九一一」。我和阿華兩人，用不著六人座的中型車，車行人說：「照小車租費好了。」我哈哈大笑，正當旅遊旺季，顧客必須三天前預定才有車可用，怎會減價優待？只因洋人也有洋禁忌，「九一一」數字不吉利，無人肯接受。我這中國老奶奶，根本不信邪，跳上車直奔城鎮。

秋陽送暖，仍處處碧綠，鬱鬱蒼蒼，散發著收斂未盡的生機，低垂的葡萄藤不見葡萄，橄欖樹濃枝密葉間，偶而有幾顆瘦小的橄欖。思念已久的薰衣草，不知何處？無邊無際的紫田，唯有從郵卡中尋找。

我來遲了。明年，如果健康情況容許，我要再訪普羅旺斯，參加他們收摘葡萄和橄欖的活動。再或，躺在薰衣草田裡，讓那濃烈的香味醉死。

我們在田埂、淺溪、蘆草、圓石鋪砌的村道間，轉來轉去，貪婪的四處觀望，走進窄街，那酒與咖啡合併的小店，只須換個木櫃檯，撤去歐式靠椅，改用木條凳，不就是咱們江南小鎮的酒鋪嗎？

種族不同、文化不同、歷史背景不同，即使在天涯海角，竟也能找到一點兒神似的「面貌」。

太陽西斜，回旅館。秋老虎的天氣，竟沒有空調，我的眉頭打了結。阿華立即查該地旅館介紹手冊，一一撥電話詢問，結果有空調的全都客滿，只怪我們粗心，以後去歐洲偏遠的地方，要記取這個教訓。「心靜自然涼」，睡吧！明天還有重要的約會。

我不遠千里往法國，只是想找落戶普羅旺斯的「英國蝦」聊聊天。（英國人每曬太陽，便紅得像烤蝦，故有「英國蝦」之稱。）他是我最喜愛的現代作家——彼得・梅爾（Peter Mayle）。他出版的著作，我全讀過，而且經常重讀。他文學的魅力使他的第一本書《山居歲月》名列歐美首榜達十年之久。每當我情緒絞結時，首先想到的，不是Prozac（抗憂藥），而是他的書。

梅爾是「名利場的逃兵」，原是華爾街廣告圈的名人，人戲言：「梅爾有點石成金的魔法。」十幾年前，他突然厭倦了紐約、倫敦，厭倦金錢操縱一切的社會，辭掉一般人羨慕的高職位，攜妻牽狗，隱居普羅旺斯山區。雖然他頗富有，但是，他認為，普羅旺斯是沒有錢也能生活愉快的地方。

現在，他已習慣了赤腳短褲，甚至記不起什麼時候結過領帶。（他接待我時，穿的是純棉布襯衣、長褲，為了禮貌，穿了襪子和皮鞋，沒有領帶。）這隻從璀璨光圈中隱退的「英國蝦」，完全投入了田園生活，逍遙自在。

有不少英國人，批評梅爾「普羅旺斯化」了，這有什麼不對呢？生活是個人的選擇。什麼是「普羅旺斯化」？我曾尋求了解，只獲得部分答案，主要是普羅旺斯人和現代有很大的距離，他們從未想過滑雪、打高爾夫和網球，或擁有一艘遊艇，其實他們對這些根本就不稀罕，甚至還有點排斥。他們一生中大都只有一棟住屋，由孩子誕生到老去，一代傳一代，破了修補。他們為自已工作，人力不足，有鄰居、親友幫忙。更不曉得世界上有一種叫「老闆」的人，會反覆無常的折磨職工。他們需要的雨水、陽光，都是老天爺安排的，此外，別無奢求，所以，他們很快樂。

我總覺得彼得頗具中國舊時士大夫情懷。我沒有問過他，是否讀過中國古代詩文?他選居山野，由繁華而簡樸，粗衣赤足，徜徉田埂水畔，與獵戶、農家為友，諦聽他們談鄉村生活，趣味盎然。中國古人筆記裡常有「與野叟共話之樂」的記載呢！

問梅爾：「今天是何月何日？」他的回答總是：「嗯！記不起了！」這不就是「山中無日月」嗎?他的手錶早已退休，躺在抽屜裡頤養天年。只憑庭院樹影位置來推測時間，中國舊詩有：「且推窗看中庭月，影過東牆第幾磚。」用樹影、月影計時，意境是如此相同，不能不使我驚異。

梅爾的妻子珍妮，溫柔可愛，她給我的信，是我的珍藏品之一，不久前的一封信，是用厚毛邊紙寫的，字體古樸、秀麗，真可以媲美美國歷史博物館的《獨立宣言》。我這次訪普羅旺斯，她回英國探親去了，令人悵惘。

梅爾一再告訴我，他從未像現在這麼快樂過。再說，普羅旺斯人都很快樂。當現代人多陷入煩惱、鬱躁潮的時候，普羅旺斯根本沒有這種現象，Prozac 和鎮靜劑之類藥物，在普羅旺斯是沒有市場的。

中國莊稼婆和隱居法國的「英國蝦」名作家彼得・梅爾（Peter Mayle）。

街頭賣唱

慕尼黑的十月啤酒節，人山人海，街頭賣藝人傾巢而出；有真正流浪的藝人，有趁此機會賺學費的大學生，也有志不在錢，只是湊熱鬧的業餘音樂家。

我忙著欣賞，兩個金髮碧眼、滿臉稚氣的青年，把提琴擱在我身邊的石柱旁，開始架擴音器。其中一人對我講了兩句話，我聽不懂，同來的楞小子逛百貨公司去了，無人翻譯，我只好攤攤手。

「啊！嘛！我是說將第一首歌曲獻給你。」他改用英語說。

「堂客熊（即『謝謝』）！」我搬了句會講的德語。

「我是柏瑪，我們是兄弟。」他指著另一個青年。

我和他們握手：「很高興認識你們。」

「怎樣稱呼你？」

「啊媽，剛才你叫對了。」——我將「嘛」改成純正的「媽」音。

「哈！很美的巧合！」弟兄倆笑得很可愛。

人們陸續圍過來。也許見到兩個洋孩子和東方老傢伙談天，有些好奇吧！

「他們想聽你唱歌。」柏瑪興奮的說。

「很抱歉！我是中國人，不會唱你們的歌，說真的，我很想唱。」

「我們可以試試。」

我哼了一段「蘆溝橋」，這是非常簡單的小調，他點點頭，撥動琴弦，音雖不很正確，倒有些接近。

「我們跟得上的，開始吧！」

我反覆哼了兩遍，才唱起來，聽眾越來越多，神情肅穆，音樂是世界的語言，這原是很蒼涼的抗戰歌曲，讀大學時，為前方抗日將士籌募寒衣，和同學們上街賣唱，經常唱這首歌，一剎時，時光倒流了幾十年。

一曲既終，人們在掌聲中紛紛朝琴盒裡投下錢幣。

柏瑪說：「收穫不錯，啊媽！你應該多拿點錢！」

我搖搖頭，掏出五元馬克放進琴盒：「再見，祝好運！」

楞小子擠進人圈：「老天！你在幹什麼？」

「賣唱嘛！」

「好啦！真服了你！走吧！」

不遠處有三個服裝奇特的青年人，黑髮披肩，膚色黑中帶黃，抱著類似中國月琴的樂器，唱著「阿母，阿母！」。

「這是墨西哥情歌，」我對楞小子說：「我猜他們是瑪雅人，你仔細瞧吧！眉目間那一份憂鬱，是瑪雅人特有的——」

「我知道，我知道！」他拖著我加緊了腳步：「外星人的後裔，是不是？你已經過了賣唱癮，不能再瘋，我餓極了，吃飯去！」

外星人的後代

義大利麵真難吃，勉強嚼幾根，喉管便自動收縮。我朝楞小子大吼：「這種鬼東西怎能吃？找中國餐館去！」

他聳聳肩，推開只吃了半塊的披薩，臨出店門，還回頭望了望。

「別捨不得！我會讓你吃一頓好的中國菜作為補償。」我安慰他。

街頭轉角處有間中國飯館，方塊字特別顯眼。忽然看到那三個黃膚、黑髮、披彩毯的演奏青年，站在牆邊，每人手裡捏了根法國長麵包。

我拖住楞小子：「我肯定他們是瑪雅人，跟他們聊聊，好嗎？」

「他們正在用餐，再說，我們也餓了。」

「你說得對，大家都應該吃飯了，不過，天冷，啃法國麵包多不好受，我請他們喝熱湯！你去說，要講西班牙話，他們聽來會覺得親切些。」我說。

楞小子擅詞令，再加上中國熱湯有無法抗拒的魅力，他們接受了我的邀請。

中國餐館伙計不很喜歡我的客人，要他們把提琴放在老遠的角落裡，用帶濃重南方口音國語對我說：「他們吃得多，來大盤雜燴，幾碗白飯吧！」

「你們餐館不讓顧客自由點菜嗎？給我餐牌，或者，找你們老闆來！」

楞小子說：「何苦嘔這種閒氣？點菜吧！吃烤鴨，再要幾個菜，喝杯酒，怎樣？」

他很會調和氣氛，忙著翻譯，教我們的客人捲薄餅、捏筷子。酒可以拉近人與人之間的距離，三個年輕人坦誠的敘述身世；他們都是墨西哥孤兒院的孩子，維也納一位西班牙籍的樂隊指揮收養了他們，給他們取著有趣的名字：大拇指、中指和小指。用意是要他們像手指一樣，永不分離。這「三個指頭」中學畢業，進入巴黎音樂學院。年前，養父受聘來德國，他們是趁假期來探望養父母的。

「你們知道瑪雅人嗎？」我忍不住問了。

「你也有這個問題？」大拇指笑了，「養父也懷疑我們是瑪雅人、外星人的後裔。哈！也許是，也許不是，誰知道呢？」

中指接著道：「瑪雅人是智慧極高的民族，相信你見過瑪雅人的日曆，科學家已

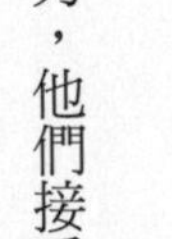

經肯定他們的曆法計算是非常科學的，如果我們身上有瑪雅人的基因，該多好啊！」

小指說：「別追溯得太遠，我們連自己的爸媽是誰也不知道呢！」

他們臉上漸漸浮出瑪雅人特有的憂鬱，我茫然。

國旗、國旗

我是中國人，跨新舊時代的中國人，飄泊異鄉不忘根的中國人，少不了會遭遇一些困擾，難以應付的困擾。

訪瑞士，約培（德國漢學家老約培之子，人稱「小漢學家」）帶我參觀農場之後，請我到不遠的鄉村吃晚飯。

這鄉村，古木參天，百花叢密，層層疊疊，一團團，一片片，如雲如霧，我笨拙，無法描述那種環境和我的感受，只覺得自己變成了一隻小甲蟲，跌進了花海。

那間飯店是平房，天然的「紅墻綠瓦」，碗大的鮮紅藤花，把磚牆遮得密密的。

屋兩旁的松樹，枝葉低垂合抱，覆蓋屋頂，門前豎立一塊不很顯眼的木牌，寫有

這是一種尊重。

「咖啡屋」。

跨進門，一般清香混和著咖啡香撲鼻而來，廳中陳設古老，梁間吊有一籃籃的鮮花，窗檻上擺著一盆盆的小辣椒、小金瓜。朋友說：「這店以咖啡著名，但掌廚的是法國的首席廚師，退休之後，開了這間店。要來這裡吃飯，必須半月前預訂。」

經理是個中年洋人，用瑞士德語和朋友交談。朋友翻譯道：「他代表店主歡迎你，並且問你是哪國人？」

「這裡的顧客是限國籍的嗎？」

朋友說：「別發脾氣，這是他們的規矩呀！」

「告訴他，我是中國人！」

「我已經告訴他了，不過，他想知道應該用哪面國旗來歡迎你，五星旗？還是青天白日滿地紅旗？」

原來這間店有個習慣，外國客來晚餐，要擺出來客的國旗以示尊敬。

當然，「五星旗」是中國國旗，不過，我是在「青天白日滿地紅」旗幟下長大的，我和她有濃得化不開的感情，當年，在前線，戰況危急時，我曾要求戰友，如果我戰死，還有屍體可以埋葬或火化的話，請給我裹一面國旗（當時的國旗是「青天白日滿地紅」）。而今，中國國旗是「五星旗」。

朋友講話很有技巧，說我是抗日戰爭的一代。稍後，經理肅穆的捧來「青天白日滿地紅旗」，是絲質的，約八吋高，木桿，閃亮的銀座檯。朋友立即站起身，待旗幟擺好才坐下，這是表示對國旗的尊敬，我竟大剌剌的坐著，毫無反應。

我不是國民黨黨員，但我是中國人，「青天白日滿地紅」國旗是多少革命先烈鮮血染成的國旗，八年抗戰，多少國民為它犧牲生命。今日，中國國旗更換了，無論如何，我們也不應忘記它。除非否定歷史，斬斷歷史，「青天白日滿地紅」旗幟，是一頁歷史呢！

無形圍牆

舒奈德，是十幾年前在西德拜訪威利・布蘭德時認識的，當時我們聊天，他不時添酒、拍照，間或岔幾句流利的中國話，大都是取笑威利的。他是座中唯一會講中國話的老德，威利說他是「及格的漢學家」。看來他和威利的交情絕非泛泛。

日前，竟闖到我家來了，乍然相見，額頭皺紋重疊、身型臃腫、神態疲憊，我呆呆望著他，似曾相識，卻又無法肯定。

「怎麼了？不讓老朋友進屋坐坐嗎？」他聳聳肩膀，再捏捏鼻尖。

當年，這個動作給我印象很深，我想起他是誰了：「啊！舒奈德！」

「中國有句話，歲月不饒人，我老了，你不認識我了。」

我牽他進屋：「大家都老了呢！」

老伴去了馬場，我將一籠當晚飯的菜肉包和粟米雞湯端出來待客，還給他半瓶威

士忌。

「隨便吃點，明天再請你去中國餐館。」我斟滿兩杯酒，「讓我們為德國統一乾杯！」

他一飲而盡。

「威利好嗎？」我說：「柏林圍牆倒塌了，他應該很高興。」

一九六一年，柏林圍牆築建時，威利是西柏林市長，他為這座圍牆流盡眼淚，為促進東西德的關係，耗盡心血（因而獲諾貝爾和平獎）。今日，圍牆終於崩毀，有誰比他更欣慰的呢？

舒奈德再斟酒，嘀咕幾句德語，我聽不懂，問：「你說什麼！」

「我說他不如你想像的那麼快樂。」

「為什麼？」

他長嘆一聲：「威利認為拆除泥磚圍牆容易，但幾十年來堆砌在德國人民心中的無形圍牆，不是要拆就能拆除的，以後問題太多，如經濟、社會，以及文化的疏離等等，狂熱的愛國情緒逐漸消退，這些問題也就逐漸顯現了，你是中國人，相信你可以瞭解的。」

接著他詳細分析德國現在已經發生的問題，我越聽越不是味道，一如他所說，我是中國人，我們心中也有自己的無形圍牆。

分手時，他說：「我明天要辦點事，不來了，再說，談什麼呢？你所提的問題應該親自找答案，來柏林吧！我會給你安排一切，陪你去看你想看的人和事。」

他走了，我忽然感到莫名的低沉，自己斟了一滿杯酒，窩進沙發，大口大口的喝，十五年前的往事清晰回到眼前。

歐陸的仲夏，仍帶有涼意。

汽車駛進波恩市中心，已是午後三時，街道整潔，兩邊排列的汽車，幾乎全是簇新的，經過幾條街，只遇見一對老夫婦，手挽手從一間藥局出來。我說：「這麼靜，人呢？」

朋友笑笑：「這是德國人的度假季節，留下來的，都在忙碌。」

到達波恩「德國社會民主黨總部」，接待我的是一個金髮青年。我說明來意，他很禮貌的說：「很抱歉，老爹去了瑞典度假。」（「老爹」是德國人對布蘭德的暱稱。）

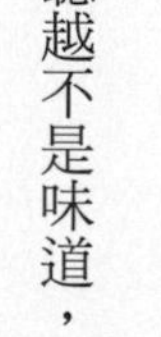

我有些失望，掏出一張沒有頭銜、沒有住址的名片，遞給他：「請代我問候。」「能不能給我你在德國的地址、電話？」他說：「我會告訴老爹，你來過了。」

回程，我們在野獸區兜了個圈，看獅虎搶食和駱駝追逐，玩得很開心，把「摸門釘」的事忘了。

當晚，近午夜，電話鈴響，女兒接聽後，說：「媽，是波恩來的長途電話，老爹明天回來接見你。」

我終於見到「老爹」，身材魁梧，蒲扇般手掌緊緊握著我，帶著微笑，果真是記者筆下「風靡千千萬萬人的微笑」。

我認為，他是真正的偉人，二次大戰後，他是突破東西方凝固狀態的第一人，在東德旅社露臺上，會見擁擠街頭的東德人民，當群眾向他歡呼時，他哭了，是為國家分裂而哭，在波蘭納粹屠殺的猶太人公墓前，他跪下，這一跪，是承當希特勒時代納粹殘暴罪行，是向世界許下和平諾言。

政治是汙齪的、冷酷的，他的親信竟是蘇聯間諜。揭發後，他立即宣佈辭職，絕不中辯，一肩擔起責任，感動了他的政敵，送給他三十朵玫瑰，表示敬佩。這種為國家安全、為世界和平，不惜犧牲個人權位的崇高風範，給那類只懂得抓權抓利的執政者，豎立了正確的楷模。

尼克遜用乒乓球敲開了中國大陸的大門，贏得舉世掌聲，但是，很少人知道，這一震撼世界構想，是基辛格從「老爹」處偷來的，老爹「東進」，尼克遜也「東進」，只是換一個空間。

當一再發現執政人物身邊有蘇聯共諜時，德國人想念「老爹」了，希望「老爹」回到原有的崗位，但是，「老爹」說：「站在任何崗位，都能替國家做事，不必限於職位。」

「老爹」菸癮很大，我送給他一件織錦菸褸，他說：「這是中國藝術，很美！」

我記得最清楚，他要我去看在街頭大規模集會的德國大學青年（他們在向政府提供國事意見）所說的話。他說：「我告訴年輕人，永恆的成功，是不能跳躍的，要一步一步往前走。」

有多少人了解威利內心的悲苦？在政治舞台上，他是近代真正的偉人。

春訊・・

電視播出捷克人民聚集廣場示威情形，新聞報告員說：「布拉格的春天重臨，群眾高呼杜比錫——」

提到杜比錫，不禁想起一段往事。

「布拉格之春」遭鎮壓，總理杜比錫被放逐比利時任大使。那年，我訪西德，曾問SPD的朋友，能不能設法安排我見一見這位真正的愛國者？同時強調只是私人拜訪，不作任何記錄。朋友認為這事需要費點心思，可能還要出動威利老爸（當時的西德總理威利・布蘭德），短期間不易安排。我也知道這要求不近人情，回港之後，把這件事忘記了。

過了很久，朋友來信說：杜比錫自離開捷克，情緒極其低沉，不願接見非公事上的陌生人，經過幾番周折才說服他，要我立即動身去歐洲。

我這個「拿短棍討飯的」，一時很難成行。

半個月後，才到達法蘭克福，楞小子和 SPD 的朋友來接機，見面就說：「前天杜比錫接到老母病危消息，回捷克去了，很明顯的，這是政治圈套，相信他不可能回任了。」（註）

我非常懊惱，埋怨他們不預早通知，讓我勞命傷財，白跑一趟。他們勸我：雖見不到杜比錫，藉此出來走走也是好事。於是，依照原定計劃去了比利時。

我們住的是一間家庭式的旅舍，不設招牌，必須有人介紹才能入住。主人是將近七十歲的老媽媽，以接待親友的態度接待來客，令人溫暖、舒暢。她說杜比錫經常步行穿過國家公園去大使館，建議我們去找公園老管理員修伯，也許能聽到一些有關杜比錫的故事。

修伯是南德人，滿頭蘆花般的白髮，他引導我們走進一條松柏夾道的沙路，說：

「曉霧正濃的清晨，靜悄悄的沒有行人，杜比錫經常經過這裡，他走得很慢很慢，我向他道早安，他總會回答一句『早上好』。他一直是憂鬱的，有次，還看到他用手帕抹眼睛，我肯定他在流淚。」

「那天，也許是捷克什麼節日，他掏出一小盒酒糖遞給我，微笑說：『朋友，祝你健康！』我從未見他笑過，看到他的笑容，比酒糖還要使我高興。啊！天主保佑他！讓他多笑笑吧！」修伯顯然動了感情，手顫顫的指著樹下一張長凳道：「有時，他會在那凳上坐一會，低頭沉思。可憐的好人！唉！不知還有沒有再見到他的日子？」

修伯講了很多話，楞小子是個很盡責的譯員，我只記得這些。今日捷克再傳春訊，杜比錫應該有笑容了。

註：果然是陰謀，杜比錫的母親無病，回國後，奉命清理溝渠，老百姓都搶著代勞，最後將他放逐偏遠的小城鎮，做公寓看門人。

憂鬱太沉重，壓彎了他的腰。

醉在格林威治

認識諾曼和琴，是偶然。

朋友介紹時，老氣橫秋的指著我說：「她是我少年時伙伴，真不湊巧，怎麼會讓你們遇見她呢？這個老傢伙有巫術，能夠在很短時間內，吸進你們對我的感情和崇拜，哼！」

「怎麼稱呼？」諾曼恭敬的問。

「叫她馬媽媽好了，她很頑固，不喜歡年輕人直呼其名。」

「Ma—Ma—Ma！」

「不對，第一個發音要提高些。」朋友說。

「馬——麻麻！」

朋友皺了皺眉：「算了，就這樣吧！」

這兩個年輕人是嬰兒潮的一代，從服裝和談話判斷，屬於所謂的「鼎格族」（註）。使我感興趣的是他們對我和朋友的態度，頗有中國家庭的好教養。

在朋友家，一頓飯吃了四個多鐘頭，喝白葡萄酒，和朋友調配的「夕陽紅」（一種不知是什麼名堂的混合酒）。人半醉，兩個洋青年逐漸解除拘束。杯盤狼藉，諾曼邀請我去他們家喝咖啡。

「太晚了，以後還有機會的。」我說。

「我們家距離這裡不遠呢！就在格林威治村。」

「格林威治」這個名詞，使我精神一振，立即想起那斑駁的、滿是塗鴉的牆壁，幾根巨木支撐的舊屋，蘋果箱砌成的桌椅。整個人彈起來。

「當然去囉！」朋友代我回答。

汽車駛進一條寬闊乾淨的街道，兩旁樹木整齊，在有雕花鐵欄前停下。

「到了？」我茫然問。

「是的。」諾曼摻我下車。

開門的是穿白圍裙、頭上扣著半邊白帽的女傭，簡直像電影裡的人物。屋內佈置豪華，品味傾向藝術，家具、地毯、窗簾，甚至畫框，配合得那麼淡雅脫俗，這一切，把我滿腦子波希米亞的構圖砸得稀爛。

「這裡是格林威治嗎？」我問。

「是呀！這條街叫 St. Luke's Place。」諾曼回答：「有部電影，不知你看過沒有？是柯德莉・夏萍主演的《盲女驚魂記》，故事中主角就住在這條街。」

琴說：「明天別走！在這裡住幾天吧！」

諾曼搶著道：「樓上有間工作室，你可以寫稿，是邁克設計的，他熱愛中國文化，有中國桌椅、中國書架、中國地毯，還有中國菩薩。啊！來吧！」他拖著我奔向樓梯，我險些跌跤。

「諾曼！當心馬痲痲！」琴喊。

「瘋！她喜歡這樣！」朋友說。

諾曼稱之為「很中國、很中國」的工作室，並不完全中國，牆頭懸掛的兩幅巨型油畫，是二十世紀初期格林威治村的風貌。

「這是一位年輕畫家的作品，患肺炎，沒錢醫治，死了，他用筆掌握了格林威治

「多美的畫！可惜有些我看不懂！」老農婦說。

的靈魂，真是不容易啊！透過畫面，我彷彿看到一群理想主義者和藝術家，他們在編雜誌，寫評論，討論社會主義，那肩擔人類責任的狂熱，要將格林威治變成熔爐，溶解整個世界，重新塑鑄！多美！」諾曼視線凝注，我相信，他看到的不是畫，而是他的想像。

這一區的屋價，不是窮作家、窮畫家能負擔的。富與貧、幽靜與熱鬧只一線之隔，雖擁有共同的陽光、星月、流雲，而地面的生活環境卻有天壤之別。我提到那年訪格林威治村，一間堆廢物的舊車庫，住著很多藝術家和詩人：「我不知道他們是不是藝術家、詩人，至少，我肯定他們絕不是庸俗的知識分子。」

諾曼點點頭：「物質生活確實很差，但他們是快樂的，我和琴常去小酒吧和咖啡店分享他們的快樂，有時，也邀請他們來我家喝酒聊天。他們不喜歡我們的生活方式，認為讓職業囚困是虐待自己，浪費人生。這話也許對，也許不對，很難判斷。」

夏夜，是格林威治最活躍的時刻，露天茶座通宵迎客，諾曼要帶我去喝一杯「焦味咖啡」。

朋友窩進沙發，閉上眼睛：「我才不去受那種罪！鬧哄哄、臭烘烘，留在這裡等你們回來。」

公園近處的咖啡座，人頭湧湧，找不到空位。琴攔住一個臉頰貼個紅心、手托茶盤的女郎，把一張五元鈔票塞進她的衣袋。女郎帶我們到一張檯子面前，那裡坐著個髒兮兮的中年男人。女郎一邊嚼口香膠，一邊跟他講話，聽不清她講些什麼，只見那人咧嘴一笑，起身走了。我心頭浮起歉意，琴不該用錢奪人享受。

夜雖深，咖啡座仍很熱鬧，這邊有人拉小提琴；那邊，有人高聲朗誦詩歌，許多人打扮怪異，有硬髮直豎如箭豬的、光禿禿頭頂翹了個小辮子的，和露臍背心、腳踏高統皮靴、赤膊上繪有七彩圖案的，看來都很年輕。旁座，許多人圍著個長鬚垂胸，仙風道骨，類似東方人的老頭在講話。琴走過去聽了一會，回來說：「聽口音，不是中國人，可能是韓國人，他在講莊子。」

格林威治，真是古今中西文化交錯的地方。

不遠處，有樂隊奏起結婚進行曲，琴說：「咦！有人結婚，去看看！」

也許那些人見我是老傢伙，紛紛讓路。人群中，兩個大約二十多歲的青年男女，看來像大學生，T恤牛仔褲，站在堆有散枝鮮花的食檯前，手牽手笑著。音樂停了，男的說：「我們宣佈結婚！」女的說：「請大家為我們祝福！」群眾中轟起像唸經，又像喊口號的鬧聲，大概是祝福吧！突然，新娘拖著新郎走到我面前，問：「你是中國人嗎？」

「是的。」我覺得很詫異。

「我們可以請求你用中國話為我們祝福嗎？」她滿臉誠懇。

「祝你們白頭偕老！」再譯成英語。

在掌聲中他們吻了我的老臉，我真的醉了！

註：「鼎格族」Dink's，即 Double Income No Kids。

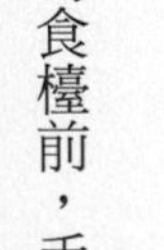

外星人

這一向，飛碟、外星人又成了熱門話題，使我想起舊時家中的管家老蕭父，我少年時，他曾經對我說：「從前，聽說有種木鳥，可以載很多人在天空飛行，又說有種木魚，坐在魚肚裡，可以潛入大海觀看海底情形。當時，人們認為是瘋話，現在，不都證實了嗎？木鳥就是飛機，木魚就是潛艇，不過是鋼鐵，不是木造的，所以我說呀！對於自己不懂的事，千萬不要一口否定，個人的見識有限，何況，世界在不停的進步，今天認為不可能的事，說不定明天就會出現呢！」

蕭父只唸過兩、三年鄉間「卜卜齋」，父親說他講的話，很多是智慧言語。

我愛剪集報刊上有關飛碟和外星人的新聞，也深信外太空有生物，有人諷刺我「無知」，我並不因「無知」而減少我的興趣和好奇。

去年，電視訪問親眼見過飛碟，以及曾經和外星人會晤的人，紀錄片長達兩小時，動用了測謊機、催眠術，接受訪問的人細述經歷，言之鑿鑿，教人不能不相信確有其事。

同年初秋，搞太空科學的楞小子來華盛頓開會，我問他是什麼會議？他笑說：

「討論怎麼找ＥＴ嘛！」

我再問：「你能肯定有ＥＴ嗎？」

「當然，這是不容懷疑的。」

「那麼，有關當局為什麼要否認呢？」

他笑而不答。他是負責外太空研究的科學家，也曾告訴我：探測了幾年，至今沒有得到足夠證明來自不明星球的訊號，現在，準備主動發射探詢的訊號。

美國對這方面研究抓得很緊，一直隱藏外星人訪問地球的實質證據，包括外星人的屍體和損壞的太空船。一向和我無話不談的楞小子，也只能透露這麼一點點，已足夠使我相信確有ＥＴ存在。

美國是個自由的國家，儘管官方三緘其口，甚至駁斥為「可笑的謊話」，卻無法阻止民間探討。最近，有三本新書出版：《入侵者》（*Intruder*）、《靈交》（*Com-*

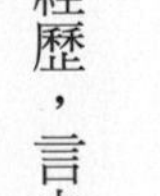

munion）和《光年》（*Lightyears*），都是記錄與外星人會晤的情形，其中少數是從前報刊上報導過的，但不及書中詳盡，這是經過調查、訪問、研究寫成的。

五〇年代，只有人看到飛碟，後來不少人跟外星人打過交道，今日重新掀起ＥＴ熱，決不是沒有理由的。

美國海軍物理學家馬卡畢在一九八七年提出很多有力的論據；他認為近四十年，有十萬目擊外星人的事件，其中確有很難解釋的現象。

近來，我常獨坐在後園裡看螢火蟲，真希望突然來個外星人跟我聊聊天，不過，是不是像電影裡的ＥＴ那麼可愛，就很難講了。

詹士和哈伯望遠鏡

一九九〇年，「哈伯」天文望遠鏡製成，在佛羅里達州堅尼迪太空基地發射，我和老伴應邀前往參觀。我對這門子科學不太有興趣，只是想和「哈伯」的主鏡製作人詹士．威斯福聊聊天。

詹士教授的相貌像極了海明威，我將他們兩人的照片擺在一起，給一位研究海明威的年輕蛋頭看，要他指出誰是海明威？他藏有數十張海明威的照片，對海明威自不陌生，但是，他說：「別要我！這兩張都是海明威。」

一個是大文豪，一個是科學家，年齡有很大的差距，但從照片上看，體型、面貌，簡直是雙胞胎，真有趣！

詹士是農家子，家境貧窮，半工半讀唸完大學，到加州理工學院（CIT）實驗室

工作，職位相當於後生，做雜務。苦學苦幹，逐漸成為傑出的技術人員，對複雜的儀器，瞭如指掌，該校的專家教授，每有操作上的困擾必向他求教，學校當局一再開會討論，終於破格予以提升，由講師、副教授，而至正教授。在美國，尤其是「CIT」這類的名校，僅是大學畢業，能夠擔任正教授，是前所未有的。

該校的科學研究，不少與美國國防科學有關，往來校園與太空總署（NASA）之間的人，都非等閒之輩，詹士就是「哈伯」望遠鏡的主鏡製作人。

「哈伯」升空，不僅是美國的大事，也是世界的大事。從世界各國來的科學家多達數百人。發射「哈伯」可能關連美國的國防，前往發射基地的車隊，有密切監控，車與車之間有一定的距離，全都亮起高燈，在漆黑的深夜郊野，百餘輛汽車很像一條火龍。

我和詹士同車，由天文學家傑費里駕駛。我們談得很愉快。詹士坦誠講述他少年時不寬裕的家境，他求學時的坎坷，以及他的工作。並暢談「哈伯」望遠鏡的任務，是觀察黑洞和新誕生的銀河、星球，還有探求太陽系「鄰居」的活動，宇宙源起的線索等等，它將讓人類了解自身在宇宙中確實的地位，也能揭開宇宙一頁

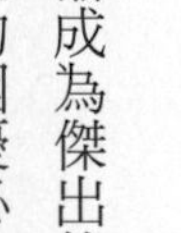

新歷史。

我正待提出外星人的問題，車隊已進入基地閘口，談話就此結束了。

「哈伯」望遠鏡果真沒有令人失望，拍攝了許多珍貴的照片，傳來地球。不久前，發現太空深處，從未知道的星球多達五百億，比過去的估計多了五倍，這麼一來，宇宙的歷史真要改寫了。

本世紀初的天文學家，以為銀河系就是整個宇宙，一九二〇年代，天文學家艾德溫・哈伯，肯定宇宙是很多星系構成的，今日，以他命名的天文望遠鏡，證實了他的看法。

我以為，既有這麼多星系，就不能排除其中有生命存在。一九四七年七月七日，美國新墨西哥州發生飛碟墜毀事件，美國政府隱藏外星人屍體，而且進行了解剖，經過四十多年，我們才看到部分解剖的攝影，有人不相信，卻又無法證明這些攝影是偽造的。

如果有那麼一天，「哈伯」望遠鏡拍到了外星人的照片，該多好！

「哈伯」衰老了

一九九〇年，發射的太空望遠鏡哈伯，十幾年來，日夜不停的搜集太空資料，傳回地球，給天文理論和太空探討提供了強烈的動力，帶來新的資料和思考。

哈伯不只是望遠鏡，更是人類製造的最複雜的機器。誕生時參與製作的科學家已評定：它的壽命只有十五年，看來，現在已經進入衰老期了。研討結論，認為若要它增壽延年，就得派人往太空修理。但是，太空總署聲明，只是為了維修哈伯，而讓人去冒無法預測的危險，是不值得的，決定由它留在太空終結輝煌的一生。

這一宣佈，引起美國民眾的憤怒，電話、電郵如山洪暴發，洶湧沖向太空總署，政府不得已，改用機器人去太空執行這項任務。已與加拿大簽約製造機器人，代價是一億五千四百萬美元。

派往太空的維修人，不必是頂尖兒的科學家，只要是這門科技的研究生，已足夠承當任務了，地面科學家會隨時提供技術指導，其危險性也不是絕對的。但是，在美國，人命最重要，寧付一億五千四百萬美元，購買一個無法確知是否能完成工作的機器人，而不願讓人冒險，這種尊重人命的態度，讓人覺得美國人有時惹厭，有時也蠻可愛的。

記得那年，我和老伴受邀參觀哈伯發射，那天午夜過後，在堅尼迪太空基地，風寒露冷，老伴偎在我的風衣裡兩人擁抱取暖。而今，老伴已棄我而去，我失去了過去的歡笑，哈伯也衰老了，這就是世事，這就是人生。

聖誕老人

聖誕老人不只是小孩子的偶像，也受老、中、青的歡迎。矽谷年輕科學蛋頭小石頭說：「我最崇拜聖誕老人。」當然，他還有大堆崇拜的理由。我也喜歡這個白髮白鬚大紅袍，見人就「呵！呵！呵！」的老傢伙。美國的大人和小孩子一樣，相信真有聖誕老人，不惜興師動眾，搞些活動，證明聖誕老人的存在，藉此重溫童年樂趣。

我初來美國，在商店的尾貨籮裡撿了個茶杯大的聖誕老人，很有趣，擱在客廳案頭。這個聖誕老人，極其敏感，老伴在距離三、五碼遠的房門前，打了個噴嚏，它就搖搖擺擺大唱「聖誕快樂！」，這是我的第一個聖誕老人。

從此，每年耶誕節，我收到的禮物，大都是聖誕老人玩偶或擺設。現在，我已擁有一百六十三個聖誕老人（由八、九吋到三呎多高，七吋以下的不計），還有纍鹿、雪車、木馬，書桌、搖椅、以及手風琴、喇叭、鼓笛等樂器配件，聖誕老人大都會唱歌、或跳舞、或寫信、再或唸詩等等，等等。小白屋的耶誕節，成了小型的「聖誕老人博物館」。

聖誕老人難入境

楓葉紅遍了大學山，是深秋了，各商店櫥窗搶先報導聖誕節消息，楞小子和我一邊逛商場一邊聊天，當然離不了談聖誕節。

楞小子笑著說：「聖誕老人今年不來美國了。」

「什麼意思？」我問。

「因為他趕不及辦理入境證。」

「往年他一直如期到達，今年怎會例外？」這是很「瘋」的話題。

「過去，美國入境手續寬鬆，現在，想移民美國的外國人太多，想方設法來美國，入境之後便留下來，不僅搶美國人的飯碗，甚至造成治安問題，所以當局對外來人，加強管制。聖誕老人是外國人，必須申請簽證，時間也就拖長了，趕不及聖誕前夕來派禮物。」

「反正逗留的時間很短，派完禮物就要走的，辦旅遊簽證如何？」

「也不行，聖誕老人不像一般觀光客那樣簡單，拖雪車的馴鹿，要證明牠們不帶細菌，沒有疾病，必須隔離檢查十來天。」

「這不會有問題，聖誕老人的訓練應該都很健康。」

「還有，他攜帶的玩具，是『聖誕老人工廠』裡製造的，列入進口物，雖不是牟利，毋須報稅，也得符合產品安全委員會的規條，又得經過一番鑒定。」

「這些手續不會複雜吧？」

「很難講，他帶來的禮物太多，唯恐玩具中藏違禁品，要仔細檢查，必須添很多人手，再說，由於他是私家運送服務，依照郵政規則，只限於包裹，不能派送一級郵政，所以，他不能派送聖誕卡。」

「啊！難怪聖誕老人只送禮物，從不送聖誕卡。」

「最麻煩的是他那輛雪車，聯邦飛行管理署發言人約翰·黎登說：聖誕老人必須保證他的鹿車可以安全飛行，該署會將他的雪車列為實驗性的短距離升降飛機，他便要有飛行證明文件，八隻馴鹿列為飛行的『推動力』，還得通過安全檢查，

「心智不很健全，才會否定聖誕老人的存在——」律師團發言人說。

當然，聖誕老人還須有飛行執照、以及無線電對講機、導航設備、羅盤和高度表等等。」

「這不是有意刁難嗎？」

「不過，聖誕老人是受歡迎人物，黎登說，可以發給一紙特許豁免證書，使他能夠在十二月二十四日到二十五日這段期間，不受飛行條例管制。主要是，聖誕老人從未有任何交通意外紀錄。」

聖誕老人上法庭

幾天前，又傳來美國議員控告聖誕老人的消息，由於此案在舊金山法庭開審，我正患大傷風，老伴不讓我出門。無法趕去旁聽，要楞小子代我了解真相。

舊金山歷史回顧上訴法庭，常審理一些糊塗公案，例如義大利麵（spaghetti）究竟是義大利人發明的？還是馬可勃羅自中國偷師的？番茄醬的創始製作者是中國人？還是洋人？因為廣東話稱番茄醬為「茄汁」，與 Katchup 發音相似。諸如此類案件，該法庭都會鄭重受理，一切程序絕不遺漏。

這次控訴聖誕老人的原告，是女市議員亞麗，她認為聖誕老人是世界著名人物，更是小孩子崇拜的偶像，但是，過於肥胖，挺著大大的肚子，看來很不健康；還要吸菸，給了小孩子壞榜樣；穿貂皮大衣，顯然不愛護動物，會令小孩子傷心；可能還有酗酒的習慣，駕駛鹿車搖晃不定，無疑是喝醉了。

該議員承認，聖誕老人是她幼年就相識的老朋友，提出控告，只不過想糾正這個朋友不好的形象。並且找來證人，證明聖誕老人在屋頂煙囪旁吸菸。

聖誕老人的辯護律師（全是美國著名的大律師）提出的反證是：查遍各地警察局檔案，都沒有聖誕老人駕駛超速或醉酒的紀錄。

聖誕老人穿著我們慣見的服裝出庭，在答辯中說，他戒菸已有一百年了，有時，屋頂上有冰雪，太滑，便用菸斗當拐杖，他們看到的煙，是壁爐裡升上來的；他不喝酒，是怕投送禮物時，在人家屋裡留下酒味，至於啤酒桶般的肚子，也許肥胖了些，但是，對一百七十幾歲的老人來說，應該不算超重；所穿的皮毛大衣，是他的動物朋友遺贈的，也非貂皮。

法庭上，最受注目的是聖誕老太太（Ms. Claus），她莊嚴的作證說，她從未見過聖誕老人吸菸、喝酒，並且堅持聖誕老人並不肥胖，只是天寒地凍，必須穿很多衣服，看來很胖而已。她說：「我是唯一每天能看得到他脫光身子的人。」

這場官司，聖誕老人維護了完美的形象，也滿足了大家的童心。

嬉皮‧葉皮‧雅皮

突降大雪，一盞茶時間，積雪兩、三吋。幾個楞小子原擬吃過飯就回校舍，大學山有斜坡，路滑，雪片迷濛視線，駕駛困難，不敢開車，便留下來繼續聊天。話題轉到美國六十年代的嬉皮（Hippie）、七十年代的葉皮（Yippie）、八十年代的雅皮（Yuppie），這群二十幾歲的楞小子大感興趣，問題多多。（以下是他們問，我答。）

問：聽老大們說，你對嬉皮有相當程度的好感，還有不少美國嬉皮朋友，是嗎？

答：是的，我確實有兩、三個可以稱之為嬉皮的青年朋友。你們的興趣在我為什麼對他們有好感，是嗎？首先，你們要搞清楚美國為甚會產生嬉皮。

問：當時，我們還不夠年紀了解，你能談談嗎？

答：二次大戰之後，世界各地幾乎都有美國駐軍，美國也曾嚴格規定，駐軍不得介入他國可能發生的任何戰事，但是，美國搬石頭砸自己的腳，破壞了自己的約束，一九五〇年，投入韓戰，打了三年，死傷十幾萬，耗費八、九億美元，一九五四年，再參與越戰。（我從書架上拿了冊有關韓、越戰資料，翻開）看吧！美國動用軍隊五十四萬三千人，死傷三十五萬，耗費一千三百五十億，每月支付戰爭費用二十億，據說，殺三個越共，要一百萬美元，換句話說，用三十三萬多美元，去殺一個越共，這頁統計中講得很清楚。

問：這不是荒唐嗎？

答：是的，消耗如此龐大的人力財力，打了二十年的仗，搞得國內民窮財盡，社會混亂，美國在世界的領導地位也搖搖欲墜。美國年輕一代的憤懣是不難想像的，於是產生了嬉皮，他們是反權威、反社會一般價值觀、講正義、講博愛，提倡返璞歸真，追求和平、安靜、自由自在生活的青年。

問：提起嬉皮，就使人想到服裝怪異、蓄長髮、吸毒的年輕人。

答：據我了解，這些青年對政府違反原則，插手別國戰爭，不惜重大犧牲，打這麼久「不求勝」的仗，感到憤怒、懷疑，想從歷史、哲學理論思想上找尋足以解釋的根據，於是集體研究，苦苦探索、討論。當時美國有權威評論說：

「這些年輕人，好像面臨世界末日，發狂似的搶時間尋求避免人類毀滅的途徑。」在這種情況下，他們怎會注重修飾？蓬頭垢面，服裝不整，甚至邋遢襤褸，是他們有太多問題要尋求了解，不想浪費時間，也無心顧及這些小節。當時，美國青年普遍陷入苦悶，藉吸迷幻藥來逃避現實，吸毒並非嬉皮特有的行為。現在，你們校園裡是不是有吸毒的同學？沒有，是不是？因為他們沒有那種深切的苦悶。

問：所謂嬉皮，不只是奇裝異服、長髮，而且亂搞男女關係、不務正業，不是嗎？

答：是的，後來的嬉皮確實是這樣，但不是真正的嬉皮，早期的嬉皮，有相當的智慧，博學苦思，都是大學中的精英分子，如柏克萊、史丹福、哈佛、密芝根、威斯康辛等名校，嬉皮最多。一般青年，認為嬉皮很受社會重視，便嫉妒、羨慕、盡可能仿效。但是，限於智慧、學識，只能仿效嬉皮的外貌，於是走極端，特意蓄長髮，脖子上吊銅鈴，服裝怪異，行為荒唐，目的在引人注意。真正的嬉皮，對這種「假嬉皮」很反感，如果我沒有記錯，將近六十年代尾，他們曾在加州一座山上舉行儀式，宣告「嬉皮已經死亡」，意思是：既無法和這些淺薄而又自稱嬉皮的人劃清界限，唯有退讓。

再說，我只是對早期的「真嬉皮」有好感，他們善良、有愛心。我認識幾名柏克萊大學、威斯康辛大學的嬉皮，他們那種淡泊、純真和坦誠，給我印象深刻。

問：那麼，你是不是希望青年人像他們？

答：如果是崇拜權勢、財富的青年，希望他們淡泊名利、與人無爭、仁愛待人，倒真是「牽駱駝過針孔」哪！哈哈！

問：你有偏見！

答：我不能「一竹竿打煞一船人」，也不承認我有偏見，我認識的青年人之中，這種人並不多，我所說的，只是我個人的看法，你可以不同意。

問：好！現在，再談談葉皮吧！

答：葉皮是七十年代青年知識分子，有強烈的政治意識，不像嬉皮那樣只是採取鄙視態度冷眼旁觀，而是積極參與政治活動，曾掀起美國有史以來的反戰浪潮，「Yippie」這個名詞，原是反越戰組織的青年國際黨「Youth International

Party」，簡稱「Y.I.P.」，他們強烈的反對愛國主義，拒絕徵召入伍，拒絕唱國歌，把國旗縫在褲襠上，搞遊行示威，甚至使用暴力，公然向國法挑戰，這種種作風，與嬉皮迥然不同。

問：這是怎麼一種心態？

答：很簡單，美國介入越戰，把青年人趕到外國去送死，國內經濟一團糟，人民生活愈來愈苦。你知道嗎？美國在越戰投下的炸彈，比二次世界大戰多三倍，多可怕！平心而論，這種搞法，誰都不能容忍，他們都很明白，在越戰中耗費的錢，其中有他們父母兄長的血汗錢。

問：你同情葉皮？

答：我不同情他們的作為，但是，我同情他們的心境。

問：如果說嬉皮是理想主義，葉皮能面對現實，你以為怎樣？

答：也可以這樣講，講現實，應該是雅皮。他們很能掌握自己，了解政治，涉及切身問題，卻不願投入，只是談論。

問：談談雅皮吧！老大們說，你周圍有不少夠資格稱雅皮的青年人。

答：過去，我沒有認真去了解雅皮，他們不太有顯著的特徵，總的來說，也是優秀的一群，年齡三十歲以上，都是擁有高學歷的專業人士，職位高，思想敏銳，有才幹，有鬥志，擅詞令，工作態度積極、踏實，而又要求完美，值得欣賞的是：他們都清楚知道自己的優點和缺點。衣著名貴，講究飲食，經常出國旅遊，喜歡群體活動，舉行宴會，公餘愛去俱樂部、酒吧、健身房消磨時間。

問：你還沒有講到「現實」這個名詞。

答：是的，雅皮在意識上，可以說是傾向個人現實主義者，缺乏互助和共甘苦的道德觀念——嗯！這話由我來講，有欠公平，我身邊這些雅皮型的孩子所表現的並不如此。

問：在你身邊，就得收斂你不喜歡的意識形態，他們是何等聰明人物，難道連這一點都不知道？

答：我是一個平凡的老傢伙，不值得他們——也包括你們和你們的老大這樣遷就我。話又講回來，這不是值得、不值得的問題，而是涉及到做人的基本原則。再說，雅皮還有可愛的作風，就是在任何情況下，他們絕不損人，肯承

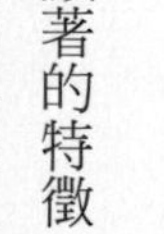

認別人的成功，也不浮誇自己的成功，不投機，不取巧，不剝削他人。若容許我說句挑剔的話：雅皮太個人主義了。

問：「Yuppie」是什麼意思？

答：是「The Young Urban Professional」，即「城市中的年輕專業人士」，其實，這些人並非全住在城市裡，很多住在郊區或鄉村。

問：人們對雅皮甚少好感，說他們只會花錢享受，缺乏社會責任感，是嗎？

答：是的，我說過，雅皮很個人主義，但也很能反省，近幾年來的表現，已開始關心社會了。還有，不久前，麻省大學的懷德教授說：將有一種新領（New Collar）的青年興起，他們也是戰後出生的一代，是美國藍領工人階層的兒女，大都是護士、秘書、教員、經紀，和普通辦事員，收入不錯，生活簡樸，從不涉足大公司、大飯店、歌劇院那類高級場所，這個階層有潛伏的力量，在可以預見的政治形勢上，將產生很大的影響，雷根二次競選時，已有過驚人紀錄。

問：談談我們中國的戰後一代，好不好？

答：你們自己找答案吧！我疲倦了。

「單身貴族」和「鼎格族」

又是楞小子來小白屋聚會的日子，大談「單身貴族」、「鼎格族」（Dink's，即Double Income No Kids）。這個年頭，年輕人搞的新名詞層出不窮。

我有些煩，說：「換個話題，談談非洲的『獵頭族』、『禿鷹族』吧。」

我根本對「單身貴族」和「鼎格族」不感興趣。所謂「單身貴族」，是年齡不超過四十五歲的未婚男女，擁有高學歷、高職位，和相當財富，在專業圈裡頗有聲譽的成功人物，自負而又傲慢，只跟同階層人交往，生活無拘無束，每年度假厭倦了瑞士的滑雪、巴黎的大餐，或加勒比海的陽光、百老匯的歌劇，便去非洲克里門吉羅山腳或瑪莎原野找尋大自然的寧靜。有時，這些昂貴費用不必自己掏荷包，有大工廠或研究機構安排一切，如豪華旅館、小型專機等等；因為他（她）們是被爭取的「高效力工具」，提供最享受的度假方式取悅他（她）們。由於是

單身，愛去哪裡，便去哪裡，空間、時間不受限制，無所顧忌、牽掛。

這類人有「貴族」的享受，有「單身」的自由，於是稱之為「單身貴族」。

不過，他（她）們單身生活過慣了，愈來愈不想把「枷」（家）套上脖子，同時眼角更高，選擇對象的條件也更苛刻了。

再說「鼎格族」，是指已婚的年輕人，他們的婚姻狀況與一般不太相同，夫妻倆都是成功人物，事業重於一切，城市有高級住宅，郊區有休閒別墅。屋內有電視室，閱讀室像小型圖書館。還有健身房和室內游泳池、網球場，只是沒有育嬰室，他們不願照顧孩子，因此不要孩子。

總之，衣食住行，無一不是頂尖的考究。只是喜歡去消費驚人的俱樂部聊聊政治，或享受一、兩個鐘頭的按摩。

「鼎格族」全是「工作狂」患者，他們將整個生命投入工作，不斷追求工作成果，絕不注意那些努力工作帶來的榮譽、地位和財富。

一個「鼎格族」的楞小子說：「我是個『好廚師』，一心專注工作，我的快樂是在烹調過程，不是享受烹調出來的佳餚。」

這是一種生活方式，每個人都有選擇生活方式的自由，「鼎格族」具備優越條件，事業基礎穩固，不必巧取豪奪，不必搞陰謀排斥，是一種和平、強勁的推動力，能使社會秩序進步。

不過，夠資格列入「鼎格族」的青年男女，都是受過最高教育，有高度智慧和能力，心地善良，他們認為「世界人口太擁擠」，不願生孩子，未免浪費了好的基因，或多或少是優良人種的損失。

雞鳴早看天的日子

漂泊幾十年，每當心力交困的時候，便編織一個夢來安慰自己，我的夢境是：「一棟小磚屋、幾樹松柏，和一片土地，種菜養雞，遠離塵囂，自由自在的過活。」

而今，夢已成真，什麼都有了，只是沒有雞。

在我的夢中，雞是很重要的一部分，因為我要拾回「雞鳴早看天」的情懷。

如果現在我有隻雄雞，我會在牠啼聲中起床，煮一鍋粥，然後去園裡拔野草、折枯枝、掃落葉，看曉月西沉、天邊泛白，靜靜的思索問題或搜尋往事，待太陽露臉，才回到書桌旁，開始我一天的工作。

雖然，沒有牠也可以早起做我想做的事，但我會感到莫名的空虛和孤寂。

那「喔喔」的啼聲，曾伴我度過苦難的日子，牠鼓勵我面對黑暗的挑戰，和等待黎明的信心。

很久很久以前，日軍節節進逼，我隨著家人朝大後方逃亡，夜來投宿伙鋪，天未亮，店伙便扯高嗓子喊：「雞叫啦！起身趕路啊！」於是，大夥兒慌忙起床，喝碗紅薯稀飯，點燃火把，高一腳、低一腳的走向黑沉沉的山道，一路上，雞鳴不已，直到天色大白。

在大學讀書，暑假期間，是不給公費生開飯的，教育部津貼不包括假期伙食費，必須自己找吃飯錢。我每天去二十里外的農場做工，日頭出山前要到農場餵豬。豬的性情非常暴躁，一見陽光就要吃餿，否則，在欄裡狂號亂闖，農場老闆怕豬受傷，訂下一條規則：遲到扣半天工資。我每天摸黑出門，荒郊靜寂，霧重露冷，伴著我的只有彼起此伏的雞鳴。

抗戰時期，手錶是奢侈品，我們整個部隊裡，只有一個古舊的老錶，我們將雞鳴作為拂曉攻擊的訊號。當時，深入敵後作戰的人都知道，聽不到雞鳴的地方最不安全，這是游擊作戰的經驗。在我們生死存亡戰鬥中，雄雞扮演了重要的角色。

雞鳴何處來？心中。

二次大戰，德軍猛攻英倫，英國人說：「只要大笨鐘敲響一天，大英帝國就能存在一天。」

我們也有幾句話：「有雞鳴的地方，就有我們的游擊隊，雞鳴一日不絕，中國一日不亡。」

我懷念雄雞，多麼想聽牠的啼聲！

今天，是美國人的「感恩節」，當年，火雞把美國人從饑餓死亡邊緣救回，美國人卻要宰牠、吃牠，用牠的生命來紀念牠對美國人的貢獻。如果我有隻雄雞，我會好好愛牠、餵牠，和牠一同享受平安歲月。

‧草鞋‧

週末，楞女帶我去紐約，說什麼無法忍受我一身破舊，要為我選購「像樣的服裝」，所謂「像樣」，有個人的標準，她的「像樣」，未必是我的「像樣」。在不停的爭論中，終於讓我選了幾件，穿在莊稼婆身上不感怪異的衣褲。

這三十幾年來，我一直是穿德國步行鞋，這種鞋類似軟皮運動鞋，楞女又要我看看另一種休閒鞋。

走進一間專售鞋靴的大公司，分部陳列男鞋、女鞋、兒童鞋和運動鞋等等。楞女領著我穿插排列的鞋架，提供意見。

自從退伍投入半政治半文化工作，因職位需要，常出席外交宴會。雖是地主國的敬陪末座「跟班人」，也得遵照國際禮儀，拖長裙，穿高跟鞋。當時，捷克「拔佳」皮鞋是全球知名的，高跟鞋更是一絕，底薄，跟高三吋九分（只限於三吋九分，為什麼不多一分或少一分？「拔佳」對這問題拒絕答覆），非常助步，款式簡單，偏向保守，從不變更。我只穿「拔佳」的鞋，所以，沒有逛鞋店的習慣。多少年不進鞋店，也不留意鞋款更新，這次卻大開眼界，現在的高跟鞋，可能有五吋吧！高跟有鋼骨支撐，只是跟太細，太高，總覺得有折斷的危險。還有類似菜市場豬肉佬穿的高底木屐，看起來，既笨且重，怎有美感？更多的是拖鞋式的高跟鞋，同樣的薄底，跟高細，鞋頭只是兩根窄帶。我相信，可能要「踩高蹺」式的訓練，否則，很難不摔跤，這些已讓莊稼婆驚嘆了，真難為趕「時尚」的女性，這也是一門子「功夫」呢！

楞女說：「買兩雙運動鞋吧？難道要去德國買嗎？」

我搖搖頭：「我腳上這雙走路的鞋已經穿了二十幾年，還有一雙半舊的，三年前在慕尼黑又買了雙新的，這些鞋可以穿一輩子了。」

不久前，收到一位深圳青年朋友寄來一雙草鞋，信上說：「這是回鄉下時，特請鄰居阿伯『打』的草鞋。」（我們不說「做草鞋」，或「編草鞋」，而是說「打草鞋」，因為，草鞋是將乾禾草捶打軟了，搓成草繩，再編織草鞋，主要過程是在

……227…… 華服草鞋，舞出青春豪情。是狂傲？是浪漫？唯一能肯定的，他們確實是「失落的一代」。

捶打。）

這雙草鞋，徒有其型，編織稀鬆，草梗堅硬，鞋底淺薄，我仍感謝他，至少，這雙草鞋帶給我太多回憶。

記得在香港，徒兒要我教他打草鞋。這個生長在現代都市的孩子把草鞋當作藝術品。

我當過兵，當然會打草鞋，但這是幾十年前的事，現在，即使找到乾禾草和木槌，搓繩、編織、捶打那一套手藝，早已生疏，打不來了。

楞女來，我給她看這雙草鞋，還講了個有關草鞋的故事。

日本發動侵略中國戰爭，當時的青年，大都進了軍隊，軍中生活一年比一年苦，衣服可以破爛，腳上不能沒有鞋子，中國內地鄉鎮山道多尖石、荊棘，赤腳行走，會皮破血流，草鞋比什麼都重要，因此，當兵的個個會打草鞋，行軍時，固然是穿草鞋，背包上還得捆一、兩雙。草鞋要打得軟，才不會磨爛腳踝。據我個人經驗，一雙草鞋大概可以穿十來二十天，如果行軍是走荒郊野道，草鞋磨損較快，不過越穿越舒服。「湘戰」駐紮近零陵的冷水灘，有位鄉村姑娘送我一雙布

草鞋，用爛布條纏草繩。手工巧，那確實是藝術製作，我一直保留著那雙草鞋，戰後，老家人把它當垃圾丟了，使我難過了很久。

勝利復原到上海，大伙從軍的朋友，在「金門飯店」的百樂廳舉行「生還」餐會。（部隊開赴戰地時，宣讀的誓言中，有「不勝利，不生還」一句。）當時「金門飯店」是頂尖兒的飯店，客人服裝必須整齊；男的要結領花，女的要穿長裙或旗袍。我們當然不會破壞飯店的規矩，但腳上穿的卻是草鞋，令人目瞪口呆。直到臺上樂隊奏起「凱旋曲」向我們致意時，大家才知道這群華服草鞋的年輕人，是剛由戰地回來不久的從軍青年，一剎時，掌聲雷動，更有幾位老年紳士含笑向我們舉杯，眼裡卻閃著淚光。

我穿的是玻璃絲襪，經不起草繩摩擦，破了好幾個洞，我索性脫下來，赤腳草鞋下舞池，戰友們以為這樣更能突出草鞋形象，群起效尤，在那高級夜總會，這種狂態應是空前，也是絕後的了。曙光從天鵝絨落地垂幔的邊隙透進來，天亮了！樂隊奏出當時流行的「Put Your Little Foot」，草鞋與彩紙齊飛，將狂歡推向高潮，在掌聲中結束了這個難忘的聚會。

戰友重逢

這次回老家湖南，最大的收穫，是見到五十年前，並肩抗日的戰友浣官生、吳石麟和甘玉璜。隔別半世紀，青絲雖成白髮，還能夠依稀辨認舊時容貌。他們都是《狂濤》書中的人物，幾經動亂，能活著相見，已經很不容易了。

這天，我正在老哥家廳堂裡休息，來了個高個子，兩鬢斑白，一進門，便高聲喊：「隊長在哪裡？我的隊長在哪裡？」

我站起身，含笑招呼，他楞了楞，隨即緊握我的手：「隊長！我是湘戰三隊隊員浣官生。」

「我記得的，浣同志！」我說。

半晌，他啞著嗓子道：「隊長！一別五十一年，你可好？」

「還好，總算活下來了。」

「想當年，你啊——」

他眼眶有些兒濕。

他怎知道，精神上的折磨比肉體的損害更能傷人，即使是鋼條鐵棒，也會折彎的。

吳石麟、甘玉璜來，老吳禿了頭，還保留有幾分稚氣，不時調整姿勢，扳直腰，挺挺胸膛，也許要保留「依舊少年時」的印象吧！老甘是活躍人物，於今老了，仍然反應靈敏，談吐幽默，真難得。

侄兒安排了一桌飯菜，我們四個古稀老傢伙，摸著酒杯底，想當年、話當年。直到五十年後的今日，才知道我在隊員心目中，竟然是個「可怕」的人。

老吳說：「我和老浣是流亡學生，到零陵投奔『湘戰三隊』，當時，值日員要我們站在隊部門口等候隊長問話，我們以為隊長架子大，不肯即時傳見，原來是巡哨去了。不久，看到一個年輕姑娘，穿灰軍服，腰間掛著手槍，騎了匹棕色馬飛奔而來，衝到我們面前才勒韁。我從未見過女兵，又是騎馬，一時呆住了。只聽到一聲喝問：你們幹什麼來的？嚇得我倒退兩步。隊長！你那樣子好凶啊！至今還沒有忘記哪！」

他聳聳肩膀，「隊長！噢！在部隊裡跟你那麼久，很少見你有笑容，都說你嚴肅冷峻，其實，那時你瘦瘦小小，我們都是男子漢，沒有理由那麼怕你。」

也許他沒講錯，但軍紀森嚴，責任沉重，我不能不嚴厲些。但是，我們在戰火中，生死與共建立的友情，早已將「可怕」變成了溫馨。

紀念抗戰五十周年

今年，是抗戰勝利五十周年，香港青年朋友紛紛來電話，要我回去和他們一同紀念「七七」，還要我談談抗戰故事。

其實，紀念抗戰，並不一定要在這個日子，任何一天都可以紀念，關於抗戰，我已經寫過很多，不想再重述了。

當年曾經從軍抗戰的朋友，和大學高我一級的老宋，在這一天，來小白屋聚會。提到當年募款支援前方，常在街頭賣唱的事，唱詞大都是隨口杜撰的。座中多此中能手，一時興起，拔下兩片花牆邊的圍木，替代響板，「嘀嗒、嘀嗒」敲起來，一直唱到酒殘人倦。居然還記得這麼多，有些事確是很難令人忘記的。煮了鍋大白菜飯，喝酒唱歌，多開心。老伴笑道，雖然這鍋大白菜裡有海參，有冬菇，怎的也吃不出當年少油鹽的好味，再說，威士忌、白蘭地，又怎及得農村米

想當年，街頭賣唱。

酒甜香？他說的是真話，為什麼不讓我在「自我欺騙」中找尋一絲絲溫馨呢？

於是，我帶頭唱抗戰歌，唱到「畢業歌」、「松花江上」、「遊記隊歌」、「黃河對口」，都會一再重唱。老嗓音，越唱越響，激情壯烈不減當年。最後，老宋問我：「還記得你的傑作嗎？」

「什麼傑作？」

「就是你那首『當兵去』。」

老伴要聽。所謂「最難忘是少年時」，果真有點道理，我終於在老宋協助下，差不多全部記起來了。

當兵去

俗語說得好「國家沒強兵，外敵來相侵。」
中華兒女要當兵！
槍在肩，刀在身，告別爹娘去從軍。
爹娘啊！莫傷心！
養兒育女多辛苦，骨肉親情海樣深。

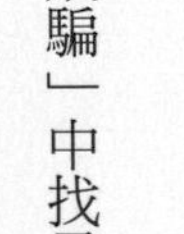

忠孝兩難全，報國要先行。
趕走東洋鬼，再來報親恩。
縱使戰死沙場上，也能含笑作忠魂。

募寒衣

各位鄉親父老：請聽我，細說根苗：
「九一八」，東洋鬼子大軍到，奪我土地，殺我同胞！
「七七」夜，再打蘆溝橋！我軍守土意氣豪！
直殺得，天昏地暗，鬼哭神嚎！
「八一三」，吳淞江口來戰艦，炮彈排排如海浪。
血染長江水，屍骨堆如山！
多少人，無家可歸？
多少人，妻離子散？
秋風起，落葉黃。轉瞬間，霜雪降。
我這裡，忍饑挨餓，街頭賣唱，
為的是，

前方將士衣單薄，露冷風寒。
各位叔伯和大娘！
多多捐助做棉裳，前方將士穿得暖，才能殺敵保家鄉！

唱完舊歌，大家又聯句作了個結尾：

五十年前仇與恨，煙消雲散了無痕。
血肉長城今何在？只剩下白骨孤墳。
今日裡，狂歌當哭心如絞，東望神州意不平！
「七七」日，水酒一杯香一炷，鮮花一束奠忠魂。
人生自古誰無死，留取丹心照汗青！

任何人，一生中，總有些事無法忘記，仔細思索，又恐會有遺漏的。但是我們抗戰一代，永難忘是流亡和從軍生活。

這一天，我們還想起許多幾十年沒有接觸過的問題，不免悲戚。

狗與華人，華人與狗

「狗與華人」這塵封已久的歷史事件，最近，又掀起了此間華人的憤怒。

不久前，華文報同時報導一則消息：傳說舊時上海外灘公園，豎立「華人與狗不得入內」牌子這件事，純屬誤傳。

否定這「傳說」的是大陸《世紀》雜誌中的一篇文章，由於各華文報引述的詞句相同，我再三細讀，無疑的，這是篇大膽「偉論」。

任何事，作大膽推論、研究、求證，是絕對正確的態度，這裡我所指的「大膽」，是該文作者的大膽「否定」。

「偉論」說：「流傳幾十年，在國人腦子裡種下深刻印象的『華人與狗不得入內』之說，原來是純屬誤傳。」

「相傳明末清初，上海外灘公園門前，外國人曾豎立起『華人與狗不得入內』的牌子，侮辱中國人。」

所謂「誤傳」的起因是：「一九四九年以後，上海曾建立上海歷史與建設博物館，博物館為配合當時『形式』（什麼形式？），製了塊中英對照的『華人與狗不得入內』的牌子，在展覽會上展出，在社會上引起轟動。」

「一九八三年，上海成立了歷史文物陳列館，一些人提出重豎這塊牌子時，許多專家認為『華人與狗不得入內』的故事缺乏根據。」（農婦：專家頭銜，不能任意搬用的，是歷史學專家？還是文物研究專家？既是許多專家，應提出他一兩位的大名，以示負責和交代。）

該文又說：「何況人為的編造一個被侮辱的故事，只能說明中國人的劣根性。」（農婦：好像中國人從來沒有被外國人侮辱過，卻有編造故事侮辱自己的「自虐狂」。縱或如此，也只能稱之為「心理變態」，不作深入探討，便否認事實，甘被侮辱，才是真正的劣根性。）

「偉論」中指出：「牌子一事，與國人開了個不大不小的玩笑，但玩笑之後，人

們不應吸收點教訓嗎？」（農婦：這不是玩笑，而是沉痛的警惕，提醒我們維護國族尊嚴的重要。不論牌子的真實性如何，其意義是深遠的，該作者竟認為是「玩笑」，令人費解。）

文中還提到，「一些老人聲稱親眼見過這塊牌子，但不是在舊時上海外灘公園，而是一九四九年後的博物館裡。」

讓我們計算一下親眼見過這塊牌子的人，至少有近百歲高齡了。我少時，就聽到長輩們——我的母親、母親的朋友游伯母、《六法大全》著作人郭衛大律師、舅父張季鴻教授等，談過這塊牌子（我現在已超過古稀之年），說：當時不少人投書各報，呼籲國人重視這件事。一時民情激憤，怒潮洶湧，學生帶頭，集合群眾，前往外灘公園管理處抗議，英國人怕惹出事端，只好撤去那塊牌子（外灘公園在英租界）。

這件事，其實不難求證，不少大學存有完整無缺的上海老《申報》（如美國哥倫比亞大學，聽說香港大學「馮平山圖書館」也有，難道中國的大學沒有嗎？），費點心力查證一下就是，如果連《申報》也要否定，那我就無話可說了。

其實，牌子上所寫的，並不是「華人與狗」，而是「狗與華人不得入內」，侮辱之甚，令人噴血。

有文字查考，孫中山先生在一九二四年十一月二十五日的一次演講，題為「中國內亂之原因」，其中有一段是：「上海的黃浦灘，和北四川路那兩個公園，我們中國人至今還是不能進去。早前的公園門口，掛了一塊牌子是：『狗同華人不許入』！」（見《孫中山選集》下卷）

當時記錄演講詞的人，相信是根據口語寫的，將「不得入內」寫成「不許入」，不過，「狗」放在「華人」的前面，是不會錯的。

還有，有蔡和森其人，在一九二〇年十一月十六日第四十六期《向導周報》上，發表〈被外國帝國主義宰割八十年的上海〉一文，指出：「上海未開埠以前，一草一石，哪一點不是華人的？但是，既開埠以後，租借以內，最初是不准華人居住的，而『華人與狗不得入內』的標揭，至今還懸掛在外國公園的門上！」

蔡和森寫此文，是一九二〇年，他說那侮辱華人的牌子，至今還懸掛在公園門上，「至今」兩字，顯示那牌子已經掛了很久了。

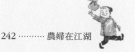

狗同華人
不許入

到一九三〇年，美國人埃德溫・羅哲斯・恩布里，在《大西洋月刊》上，發表文章說：「沒有一個中國人可以到那裡散步，除非這個中國人背著一個白人的皮包——你們都能記得這個極端的例子，上海動人的花園（外灘公園）一直豎立著一塊告示牌，用顯眼的文字寫著：『狗與華人不得入內』！」

又是「狗與華人」，與孫中山先生所說的相同，也與親眼見過這牌子的長輩所說相同。蔡和森是豎立牌子時代的人，應該看過那牌子，為什麼行文時，要寫「華人與狗」呢？我想：咱們中國人，真可憐！也許為了一點點稀微的自尊，好難下筆吧？

無論如何，「狗與華人不得入內」這塊牌子確實有的，而且「狗」在「華人」的頭上，已是不爭的事實，那些企圖掩蓋洋人罪惡行徑的華人，是何居心？

無聲哈哈

不知什麼時候開始，人們不稱舊曆新年為「農曆新年」，只講「春節」，也許一年之中，不能過兩個年吧？但大多數中國人仍喜歡舊曆新年。

農曆新年有許多傳統習俗，如送灶君、接財神、蒸年糕、炸煎堆等等，都別有一番情趣。

過年，必須燃炮竹，炮竹能牽動情緒，燒得愈多，爆得愈響，人就愈興奮，甚至興奮到忘我的境界。

有個老友說得好：過年不放炮竹，就像打哈哈，只是張開嘴，沒有笑聲，多彆扭！

一九八六年，香港禁止放炮竹，以後，一直過著沒有炮竹的新年，港英當局怕壞分子惹事，用火藥製造炸彈，索性連炮竹也禁了，這個措施是可以理解的，但在感情上卻很難接受。香港電視臺除夕播出放炮竹賀歲，或多或少有些「炮竹一聲除舊」的過年氣氛。

現在，廣州也不許放炮竹了，北京也在學習香港經驗，訂立有限制的燃放法規，據說，這只是開始，最終目的是要禁絕。

在美國過年，中國城舞獅舞龍、燒炮竹，但從未見私人住家放炮竹，也許這種震耳的爆炸聲，洋人認為侵犯了寧靜。不過如果你不信邪，硬要放一、兩串，惹來警察，只需說明是慶祝中國新年，洋警察也有人情味，不僅不干涉，還會說一句「新年快樂」！

這次在故鄉過年，真過足了炮竹癮，朋友送我半車炮竹、煙花，是湖南瀏陽名產，確實不同凡響，炮竹響聲清脆，煙花款式多極了，金龍吐焰，遊竄夜空，火樹銀花，鋪天蓋地而來，構成奇景，美得令人發呆。

故鄉過年，最熱鬧的是舞龍，龍是中國的吉祥物，因而有「接龍」習俗，接龍的人家要準備紅包、菸酒，款待龍隊，炮竹更不可少，炮竹放得多，龍也舞得起

一槌槌，將鄉情敲向心底深處。

勁。我在老哥家接龍，買了五、六卷萬響炮竹，還在門前樹上掛著一種製造煙霧的煙炮，炮竹如雷，火光似電，就像龍在雲霧中飛騰，煞是好看。

我接來的是農民龍隊，很簡陋，用紅黃兩色土布蒙在竹枝做的龍骨上，龍頭是草紮的，纏紅布、細麻束成龍鬚，開道的龍珠是紅布草球，鑼鼓、嗩吶喧天，炮竹震天價響，掌龍頭的老農民，熟練的引導龍身，盤成「恭賀新禧」、「吉祥萬福」等字樣。我「瘋」性大發，接過鼓槌，使出渾身勁力敲擊，圍觀的人個個笑顏逐開，大呼「熱鬧」！

如果沒有炮竹，又怎會熱鬧？農曆新年禁止放炮竹，就能制止壞分子嗎？簡直愚蠢！

給孩子的爸

孩子的爸：

「人生擔子載苦樂，輕輕重重一肩挑。」這是中國的民間哲學，過去，這擔子是我們兩人一起抬的，你走了，由我獨自來挑。

你離開我已經八年了，這八年，有苦有樂，難捱的是老病的折磨。此刻，大雪紛飛，很靜，將「鳥餐廳」灌滿粟米和葵花子，再沏杯高山茶坐下來跟你談談。

今春，小騰獲加州大學聖地牙哥分校博士學位，隨即受聘加州大學另一分校柏克萊大學，繼續他的研究。（同時，獲年度工程電腦學院博士論文獎。）我們都去了加州，參加他的畢業典禮。如果你在場，當他披上博士兜罩（Hood）時，我會提醒你「擔心假牙」！

爺爺疼長孫，是中國祖父慣有的心態，其實，小騰是值得寵愛的。在他小時候，就能看出他的誠厚和自律。他大學畢業時，校長宣佈他被選為該年度「榮譽畢業生」。因為他是移民第二代，美國移民局局長前來道賀，小騰上臺答謝，會場掌聲連續三分多鐘，這是學校秘書室根據錄影的統計。

記得嗎？可兒帶兩個孩子回國「尋根」，小騰只是八、九歲吧！捧了個很重的木製象棋盤回來，送給他唯一的棋友——爺爺，你笑得多開心。

記得嗎？美國外交部邀請小騰鋼琴獨奏，他的鋼琴老師，荷蘭鋼琴演奏家，望著穿禮服的小弟子，那神情可以用童話中的語句來形容，「每一根頭髮和鬍鬚都在笑。」

進入美國政府內廳，必須填保安表格，司機是主賓的老爸，你在關係人「祖父」名後，加寫下了「隨從」（Retinue），還捉狹的朝我聳聳肩。然後在外交部禮賓招待的帶領下，昂頭挺胸，大步跨進演奏廳。多神氣的「隨從」啊！

小傑大學畢業，繼續讀法律。這幾年來，他很少接觸鋼琴，而吉他卻有相當不錯的造詣。作曲的興趣更濃了，經常彈奏他自己的作品。我總覺得他的性格和一般

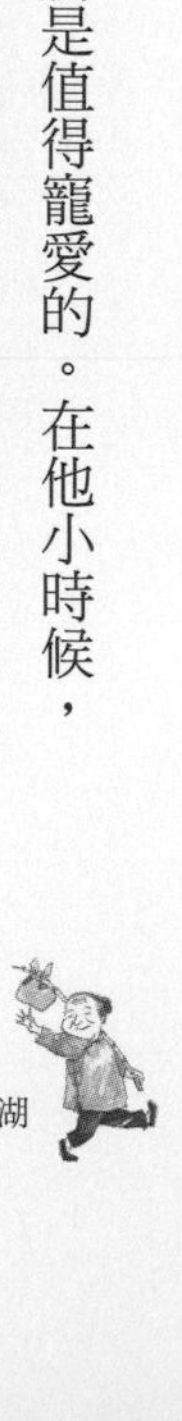

「你們吃吧！我要和老爺子聊天——」

孩子不太相同，他是溫室中的孩子，喜歡簡樸低沉的音樂，尤其是描述貧瘠鄉村和窮苦農民的歌曲。他給我講解時，竟隱約透露著一種宗教的情懷。他並不認識任何宗教，這也許是天性。那年，政府派人到學校，提供學生暑假工作。同學們都喜歡坐辦公室，而他卻選擇了粉刷補牆、換屋頂的藍領工，還邀集幾名同學，自任工頭，定下條規，但求達到亮眼的效果，不惜工本。工頭是要負責盈虧的，結總帳時，賺來的錢，勉強付清同學的工資，他自己卻沒有分到一角一分。連購買材料的費用，都是用他老爸信用卡的副卡來支付的，這件事也就不了了之。麻煩的是，「大眼睛」跑車不夠載工具，借了他老媽的大車，還車時，車裡車外處處油漆，令人啼笑皆非。

不過，我很欣賞小傑的嘗試，至少讓他體會了勞工的辛苦，有助於開拓一個孩子的心胸。

小騰小傑長大了，讀書忙，研究忙，很久沒有練武術了。體育圈的人笑說：「馬氏兄弟金盆洗手了。」堆集在底樓休息室的武術比賽冠軍杯、冠軍綬帶和金牌，除了初來的訪客驚訝、讚嘆外，很久沒人理睬了，太陽照射下還能看到稀微的灰塵，不過，在爺爺你的心中，永遠是簇新的、閃亮的，是嗎？

再談可兒，近幾年，他為老病的我，耗盡心力。曾獲「最年輕教授」榮譽的年輕人，已經鬢髮斑白了。媳婦工作、家事兩忙，也很辛苦。

家人中，變化最大的是蓓女，四年前，她堅辭華梵大學校長一職，在五臺山剃度出家了。許多人認為，她是德國名校阿亨大學的理工博士，執教成功大學時，曾想以教育為終身職志，不應放棄原來的意願。但是，你知道，她在德國時，早已吃素，且常與僧眾來往。投入佛門的心路歷程，我能了解些。

現在，她常往各地講經弘法，以中西哲學和科學詮釋佛理，這不也是教育嗎？我從來認為，學校教育是知識教育，宗教教育是心靈教育，蓓女只是服飾與生活方式和過去不同而已。

至於我，自從你走後，我失去了生活重心，整日困守小白屋，讀書、寫稿。幸而身邊仍然不乏青年人，能破解小白屋的靜寂。近幾年，我的體力雖弱，而腦力並未衰退，還能和蛋頭們談談問題，只是瘦了，太瘦了。不久前，去洛杉磯，秀娟來接機，我坐的輪椅就在她身邊，她竟四處尋找。我說：「以後你要見我，就得帶顯微鏡了。」隨即大笑。在下一代面前，我怎能向老病妥協？我，雖然老了，仍是迎著逆風、高歌邁步的我。

孩子的爸，剛才正想擱筆，消息傳來，翁玉林（註）獲選為中央研究院院士。我撥電話去道賀，他的第一句話便是：「老師走得太早了。」語音低沉。多年前，他每來華盛頓開會，照例留宿小白屋，你們師生總有談不完的話題。有一次，不知談到什麼，你對玉林說：「你一定會選上中央研究院院士的。」今日，預言成真，師已棄世，能不感慨？

「一日為師，終身為父」，你和玉林的感情，確實有如父子。有段時間，他和我們失去了聯繫。他剛執教加州理工學院，即四處探詢我們的消息。次年，我們移民美國，先落腳洛杉磯，多少年不見，他竟沒有來機場，只派遣學生迎候。我惱了，說：「這孩子怎麼了？難道他忘了我的脾氣麼？」過去，我常對孩子們說：「即使你們捧著諾貝爾獎，做了總統，我要吼，還是要吼的。」你有些不高興，衝著我說：「他已經不是孩子了！」

到達理工學院，翁玉林早已經站在校門口等候了，儀容整潔，白襯衫、花格長褲，興奮中帶點緊張。首先他為自己不能接機道歉，因時間過於緊迫，下課後，

他要張羅「迎師晚宴」，訂餐檯、選菜色，還要打扮一番，才能拜見久別的老師。

作為師母，必須具備「Sympathy and tea」的溫暖情懷，我反而無端挑剔，提到這件事，至今我仍有些自責。

重逢後的三十幾年，他每週末必撥電話問候，雖然你不在了，他仍然擔心我的情緒，關心我的健康，從未中斷每週定省的習慣，你應該告慰了。

孩子的爸，我在可兒和張簡醫生守護下，健康大有進步，別掛念！

註：翁玉林是老伴的學生，誠厚、勤勞，少時家境清寒，卻放棄香港大學全額獎學金，前後在柏克萊大學、哈佛大學苦讀。完成學位後，在加州理工學院任教，對美國太空總署（NASA）的研究工作很有貢獻，獲頒二〇〇四年傑出科學成就勳章。兩年前，更發現太陽系外的行星有水存在。我們知道，有水就表示有生物存在的可能，發現水，可能是找外星人的關鍵，也可能因而改變宇宙史。

綠蠹魚叢書 YLC56

農婦在江湖

作者：農婦
繪圖：張明明
主編：曾淑正
美術設計：ZERO

發行人：王榮文
出版發行：遠流出版事業股份有限公司
地址：台北市南昌路二段八十一號六樓
郵撥：0189456-1
電話：（02）23926899
傳真：（02）23926658

著作權顧問：蕭雄淋律師
法律顧問：董安丹律師
二〇一一年六月一日 初版一刷
行政院新聞局局版臺業字第 1295 號
售價：新台幣三〇〇元
缺頁或破損的書，請寄回更換

ISBN 978-957-32-6777-5
YLib 遠流博識網 http://www.ylib.com
E-mail: ylib@ylib.com

國家圖書館出版品預行編目資料

農婦在江湖／農婦著. -- 初版
-- 臺北市：遠流, 2011.6
面； 公分
ISBN 978-957-32-6777-5（平裝）

855 100005928